EW
エブリスタ
WOMAN

Lovey-Dovey 症候群（シンドローム）

ゴトウユカコ著

三交社

Lovey-Dovey 症候群（シンドローム）

目次

プロローグ

その日、高梨涼（たかなしりょう）はどうかしていた。

まぶたを閉じていても、足元からドラムビートの重低音が胃を穿（うが）つように響いてくるのがわかった。空気を振動させるほどの轟音にバランスがうまくとれず、ふらつく身体をコンクリートむき出しの壁に寄りかかるようにして支えた。

ジャケットの下のブラウスの衿を緩めて大きく深呼吸すると、汗、身体臭、香水、それらが入り混じった匂いが鼻をついた。あまりの不快さに思わず目を開けたものの、スモークがたかれているのか、視界は霞んでいた。

遠くでスポットライトを浴びた誰かが歌っている。ここのライブハウスは入場する際にチケットを見せて、五百円のワンドリンク代を支払うシステムをとっている。ドリンクはミネラルウォーターやお茶、ジュース、酒類まで揃っている。酒類以外はペットボトルだが、ライブ慣れした大人の多くはビールを選択する。

いつもなら涼もビールを選んでいるはずだが、すでにここに来るまでの記憶が曖昧なくらいアルコールが回っていたため、めずらしくペットボトルを手にしていた。口に運ぶと、ぬるくなったジンジャエールが舌にまとわりついた。

目の前では無数の頭と、天井に突き上げられた腕が揺れていた。気分の悪さが増して、うつろな視線を前方に送った。

ステージでは、青いライトで照らされたバンドが演奏していた。見知らぬバンドだった。その中で、濡れた銀色の髪を振り乱して観客を睥睨（へいげい）するヴォーカルに、涼は目を奪われた。彼の姿を認めた途端、渾然（こんぜん）としていた音の奔流が身も心も揺さぶった。

まだ少年のようなヴォーカルの声は、魂を抉（えぐ）るような力強さと妖艶さに満ちていた。ステージとの間で縦横に揺れる客の群れは、その声と絡み合う舞台装置のように見えて、彼の呼吸さえ間近に感じられるようだった。酔いとともに、ハスキーで甘い声が涼の身体の細胞を侵食していく。

ヴォーカルのそばに行きたい。触れたい……。涼は思わず身震いした。酒に酔っているのだと言い聞かせても、なぜかその想いを振り切ることができなかった。

涼は壁から身体を起こすと、目の前に広がる波の中に身を投じた。ステージしか見ていない客と肌が密着し、足元をおぼつかなくさせる。突き上げられた無数の腕がヴォーカルのコールを煽り、客がそれに応えてさらに激しく身体を揺らした。

誰かの腕が当たってまとめていた涼の髪がほどけ、肩や首にまとわりつく。汗ばむほどの熱気に、わずかに残っていた自我が踏みつぶされていくようだった。

喉を潤しても、渇いた気分は収まらない。もっと彼に近づきたかった。酸素が足りなくてさらに朦朧（もうろう）とする意識の中で、涼はステージに向かい両手を差し伸べた。

歌詞もメロディも知らない。ただヴォーカルの飢えたような叫び声が全身にこだまして、切なく胸を締めつけた。

涼はその声に身をゆだねて、全身から力を抜いた。

周りの客と同化しながら、もうどうにでもなればいいと思った。

第一章　明けない夜空

1　最悪の出会い

客も帰り、午後十時にさしかかろうとしていた時、ライブハウスの裏口のドアが重い音を立てて開いた。出てきたのは、華奢な印象の少年だった。

少年は電線の張り巡らされたビルとビルの隙間を見上げ、片方の手首をつかんで伸びをしながらあくびをした。その目が一瞬何かを捉えた。女性がうずくまったまま、埃っぽいビルの壁にもたれかかっている。涼だった。

後から出てきたメンバーに外へ押し出されながら、少年は涼のほうを振り返った。出待ちの女性ファンを邪険に振り払い、もう一度振り返る。やがて意を決したように、彼は涼に近づいた。

「ねえ、起きなよ」

揺さぶられて、涼は軽くうめいた。地面に這った黒髪がかすかにうごめく。ジャケット姿の女性が髪を乱れさせ、汚れてさえいるのに、どこか色っぽかった。

彼はもう一度、涼の肩を強く揺すった。

「いい加減起きなよ。メーワク」

涼はうっすらと目を開けた。泥の中にいるように身体が重く、自分がどこにいるのかもわからなかった。しかし、どこか聞き覚えのあるその声に、うつろな視線をゆっくりと上げた。そこには、夜の帳を背景にして、少年が自分を見下ろしていた。

それが涼と、ロックバンドのヴォーカル〝トーイ〟こと遠野一哉との出会いだった。

「通行のジャマ」

迷惑だと言わんばかりのイラついた一哉の様子に、涼は目を瞬かせた。

「トーイ、先行ってまうでー」

「この人、置いとけねーじゃん」

「はいはい。じゃあ、先、行ってますよ」

「はぁ？　なんだよ、それ」

一哉の怒鳴り声が涼のこめかみを打つように響き、思わず彼女は顔をしかめた。相手に思い切り迷惑をかけていることはわかっている。それでも泥酔した身体は鉛のように重くて力が入らなかった。

「ちょっとおネーさん、いい加減しっかりしなよ」

「ごめんなさい……」

涼はなんとか起き上がろうとして、思わず悲鳴を上げた。一哉が無言で腕を引っ張り上げたからだ。

無理に立たされ、涼は否応なく相手と顔をつき合せた。二十歳前後らしい幼さが残る端整な顔立ちと、獣のように切なく飢えて澄んだ目が印象的だった。

涼は思わず「あ」と声を漏らした。怪訝な顔をしている相手がライブのヴォーカルと結びついたからだ。

「ご、ごめんなさい……」

「ごめんとかいらねーから。しっかりしてよ」

明らかに年下の相手にはっきり言われて、涼の顔は真っ赤に染まった。

「ここ、ライブハウスの裏口だから」

そこら辺にいる普通の男子高校生のようなぶっきらぼうな口調なのに、涼は吸い寄せられるようにその口元を見つめた。どことなくニヒルな色気が感じられる。

「なに？」

その煩わしげな声色に、涼は慌てて視線をそらした。

「そ、そうですよね。ごめんなさい。邪魔して……」

見ず知らずの相手に醜態をさらしていることが情けなくて、涼は泣きそうだった。涙を堪えながら転がっていたヒールを履き、バッグを手に取る。背後の壁を支えに身体を起こし、大きく深呼吸した。

埃を払う気力も体力もなかった。崩れ落ちそうな身体で、涼は明るいネオンに照らされている表通りへと歩き出した。

ここまで悪酔いしたのは初めてだった。途中で壁にもたれて呼吸を整えながら振り返ると、暗がりの中で一哉がじっと佇んでいるのが見えた。華奢な身体と背負ったギターのアンバランスさを、涼はかわいらしく思った。

でも、一哉から刺すような鋭い視線が向けられていることに気づくと、涼はお腹に力を入れて背筋を伸ばした。

慎重に足を踏み出しながら、ようやく路地を出ようとした時、足元の段差につまずいてしまった。涼に身体のバランスを保てるほどの力はもう残っていなかった。頭だけは打たないようにと思った次の瞬間、強い力で引き戻された。

「……どんだけ酒飲んでんの？」

涼の目に、黒く肌をのたうつタトゥーが飛び込んできた。一哉だった。

表通りの赤いネオンに照らされた一哉の顔は峻烈なほどに険しく、耳のシルバーフープピアスまでもが赤く燃え上がっているようだった。

「どこ？」

「あ。いや、あの……」

「最寄り。家の。送るっつってんの」

「え？」

「最寄り駅、どこ？　送る」

一哉の声の剣呑とした響きに気(け)おされて、涼は慌てて「横浜」と答えた。

「マジかよ……。あーくそっ」

一哉は面倒そうに舌打ちすると、涼を壁際に押しつけ、「タクシー！」と叫びながら表通りへと飛び出していった。その姿を見送りながら、涼はあまりの気分の悪さに、その場に座り込んだ。

ネオンの向こうで、一哉の姿がぼやける。それが滲んだ涙のせいだというのはわかっていた。こんな女なんか放っとけばいいのにと、自嘲気味な笑いが涼の唇から漏れた。

「飲みに行けばいいじゃない……」

（そんなこと言うなよ、俺にはもったいないくらい、いい女なんだから）

涼は、薄れていく意識の向こうで、幻聴を聴いた気がした。

それは、今は絶対に思い出したくない、あの人の声だった。

2　見覚えのない部屋と少年

身体中がきしんで、べたべたする。

眩しさの中で、涼はゆっくりと腕でまぶたを覆った。その動きだけで、こめかみに二日酔いの痛みが走る。できるだけ刺激しないように身体を起こして、静かに目を開けた。

覚えのない白いカーテンが風に揺れている。クロスの貼られていないコンクリートの打ちっぱなしの壁に、ステンレス製らしい大きな本棚、そして奥には白で統一されたキッチンが見えた。

何より涼の部屋に存在するはずのないキーボードとギターがある。しかも床には曲のスコアが散らばっていた。

「どこよ？」

自分のいる場所がすぐには把握できず、涼の口から思わず疑問がついて出た。同時に、背後から自分以外のうめき声が聞こえて、肩を反射的に揺らして振り返った。その瞬間、頭の奥に金槌を打ちつけられたような痛みが走った。

と同時に隣から、シーツが擦れる音がした。眉間にシワを寄せながら顔を上げると、涼の隣で上半身を起こした男が大きく伸びをしている。一哉だった。

無造作なマッシュベースの髪が、カーテンの向こうから届く光に柔らかく溶けているように見えた。肩から腕にかけては、腕を巻き込むように蛇のタトゥーが大きくのたうっていた。筋肉が動くと、まるで生きているように艶かしい。涼の目が一気に覚めた。

「え？　え？」

かすかにタトゥーに怯えたことも忘れて、うろたえたように一哉の顔を見た。

「〝どこよ〟って、見りゃわかるっしょ」

一哉は説明することすら面倒くさそうにスマホを手にしてベッドから降りた。キッチンへ向かうしなやかな身体は一糸もまとっていなかった。

その姿に、涼はおそるおそる自分の身体を見下ろして言葉を失った。金曜日によく身につけている繊細な紐とレースの赤い下着が見当たらない。その代わり、明らかにキスマークらしき赤いアザが白い肌に散っていた。

服を脱いだことも、この部屋に入ったことも、一切記憶がない。涼が呆然としていると、一哉はキッチンでグラスにミネラルウォーターを入れ、素っ裸のまま奥の部屋へと歩いていった。

涼は動揺した表情で、一哉の動きを目で追った。奥の部屋にバスルームがあるらしく、水を勢いよく出す音が聞こえてきた。ほどなくして、一哉はバスタオルを腰に巻いて戻ってきた。とてもじゃないが相手の顔を直視できない涼は、シーツを胸元まで引き上げた。

「とりあえず風呂入れば？」

一哉は冷静に言うと、白いバスタオルを涼の目の前に放った。年上の裸の女を前にしての余裕ぶりに、涼は呆気にとられたまま白いバスタオルを引き寄せた。柔らかなバスタオルからは、ふんわりとした温みが伝わってくる。それを抱きしめるようにしながら、一哉の様子をうかがった。一哉は表情一つ動かさず、グラスを片手に床のスコアを器用に拾い集めている。

頭の痛みを押しのけて、涼は記憶をたどった。思い出すのは、やはり昨晩ライブで歌っていたヴォーカルの少年。おそらく本人だろう。ただ、なぜこういう状況に陥っているのか、どうしても思い出せない。

「あの……服は……」

「洗濯中」一哉は短く答えた。

あの勝負下着まで年下の少年に洗濯されているとわかって、涼は羞恥心に襲われたと同時に、見てほしかった相手は別にいたのだと、寂しさも込み上げた。

そんな涼の心の内には構わず、一哉が窓の白いカーテンを思い切り引いた。白い光が部屋を満たし、涼は眩しさに目がくらんだ。窓の向こうには雲一つない都会のスモーキーな空が広がっている。その白い逆光の中で、一哉は大きく伸びをした。

「ね、散歩行かない？」

一哉は振り返って、太陽を背にして笑いながら、快晴の空そのままのあっけらかんとしたトーンで言った。

さきほどまでの仏頂面の顔しか見ていなかっただけに、その笑みは爽やかな風がカーテンを揺らして入ってきたように感じられた。その鮮やかな印象に、涼の視線は釘づけになった。


初夏の日差しとは裏腹に、涼は憂鬱な気持ちで歩いていた。悪い夢でも見ているのかもしれない。そう思わないと、今置かれている状況が信じられなかった。見ず知らずの相手とセックスして、そのことすら記憶にないほど酔ったのは初めてだった。

一哉の後ろをついていきながら、涼は小さなため息をついた。そして、改めて後ろのマンションを振り仰いだ。

寝室も兼ねたリビングは、横浜の自分の部屋が三、四つ入るほど広かった。エントランスにはコンシェルジュもいた。窓から見える高い空には、ビルなど遮る物のない開放的な眺めが広がっていた。渋谷駅に近い、超高層で超高級マンション。

でも涼にはどうしてもスウェット姿の少年と、出てきたばかりのマンションが結びつかなかった。

「朝飯、公園でいーよね」

一哉は相変わらずそっけない言い方で、涼を少し振り返った。

涼はかすかにうなずきながら視線をそらした。今までかなり歳の差がある年下の少年と身体を重ねたことはなかった。そう思うと、一哉のことを正面から見る勇気はなかった。それでも、朝の光の中で見た一哉の笑顔がひどく印象的で、つい涼は散歩の誘いにのっていた。

一哉は歩いていて距離が離れすぎるとさりげなく歩速を緩めた。話しかければ声は聞こえる。でも親しく話をするにはわずかに遠いその距離感は、お互い気を遣いすぎなくて済む絶妙なものだった。

一哉は人見知りする質（たち）なのか、必要なこと以外はしゃべらなかった。今の涼にとっては、それもありがたいことの一つだった。

一哉から借りた大きめのＴシャツを、初夏の気持ちいい風が軽く揺らしていく。涼は空を仰いで深く息を吸った。少しだけ、気持ちが軽くなっていた。

もうすぐ夏が来る。

無言のまま歩いていた一哉がデリカテッセンのショップの前でふいに立ち止まると、慣れた様子でサンドウィッチを買った。

二人分なのを見てとった涼は「お金」と言いかけて、財布を部屋に置いてきたことに気づいた。再び歩き出した一哉の後ろをついて歩きながら、せめて、もう少し言葉を交わしたいと思った。だからといって何を話せばいいのかわからなかった。

やがて、濃い常緑樹と青々とした落葉樹が密集した場所が見えてきた。美しく整備された丘陵の公園だ。

一哉が「あ、空いてる」と、嬉しそうな様子で無邪気に呟いた。

渋谷という立地にしては、木々に囲まれたなだらかな丘陵地に芝生が広がっている。豊かな緑は風にゆったりと揺れ、その葉擦れの音をかすかに響かせていた。

一哉は鼻歌交じりで真っすぐ丘の頂上にある大木に向かった。そこにあったのは欅(けやき)だった。大きな枝葉を広げて、芝生に柔らかな陰を落としている。一哉は欅の根元近くに腰を下ろして、近づいてきた涼にサンドウィッチを差し出した。

「これ、あそこの一番人気」

ワックスペーパーに挟まれたサンドウィッチを受けとった涼は、お礼を言いがてら一哉に遠慮して少し離れた場所に座った。一哉は早速サンドウィッチを頬張り始めた。

粗挽きのコショウが効いていそうなパストラミポーク、みずみずしいレタスと黒オリーブがカンパーニュにサンドされている。

涼は一哉をオシャレな男の子だと思いながらひと口かじった。その瞬間、素朴な小麦の香りが口いっぱいに広がった。ピリッとしたブラックペッパーと粒マスタードの酸味、甘みのある岩塩、そして薫製された肉の香りが鼻を抜けていく。

「おいし……！」

涼はその時初めて空腹だったことに気づいて、夢中になって口に運んだ。

一哉はそんな涼に目をやると、二本あるミネラルウォーターのうち一本を、涼の前の芝生に置いた。涼がお礼を言うと、一哉は「ん」と小さく返事をして、またサンドウィッチを口に運んだ。

不思議な空気感だった。決して居心地は悪くない。母子家庭で育った涼にとって、男性は同じ人間でありながら、どこか理解し合えないような相手でもあった。でも一哉と過ごす、その空気はなんとなく家族のように自然な雰囲気があった。

一哉は食べ終わると、そのまま芝生に寝転んで目を閉じた。涼も食べ終えると、目をつぶって風を感じた。お腹がいっぱいになったこともあって、安心感に包まれた。

涼は静かに目を開けると、そっと一哉を観察した。銀色の髪はグレイッシュな軽やかさが独特の気品を漂わせている。整った顔立ちは中性的で、男らしい匂いが感じられなかった。

さりげなく眺めていると、涼は一哉の唇の端に粒マスタードがついているのに気づいた。「あ」と無意識に声を出すと、一哉がうっすら目を開けた。涼はその流し目にどぎまぎしながら、唇の部分を指摘した。

一哉は親指でぬぐってそのまま舐めとった。その時、一瞬、一哉の眉間にシワが寄った。そのなんでもない仕草に、涼は少年らしい幼さと甘い色気を感じた。そして、見とれそうになる自分を抑えて慌ててうつむいた。

自分でも不思議だった。涼は少年とも呼べる年下相手に、身体がかすかに熱を帯びていることに気づいていた。


どれくらい時間が経ったのだろう。一哉は再び眠りに落ちたまま微動だにしない。起こすのもしのびなく、涼は座ったまま欅が揺れる様子をぼうっと眺めていた。さわさわと葉擦れの音をずっと聞いているのは耳に優しく、風が髪を揺らすのも心地よかった。

まだ出会ったばかりで、特にこちらに気を遣うことも求めない距離のとり方は、一哉がいることとすら忘れてしまいそうだった。久しぶりに、身も心も解き放たれているような気がした。

涼が軽く伸びをして息を吐いた時だった。

「すっげぇ酔ってたよね。ライブの時……」眠りから目覚めた一哉が呟いた。

「あ……あのときは、ごめんなさい……」

ふいをつかれた涼は一哉の視線を避けるように、自分の靴のつま先のほうに目をやった。

「あそこ、危ないから気ぃつけたほうがいーよ」

「う、うん……」

危ないというなら、一哉との出来事だってそうだ。そんな涼の心の内を見透かしたように、彼はにべもなく言った。

「あ、念のため。昨日、誘ってきたの、おネーさんのほうだから」

涼は飲んでいたミネラルウォーターでむせそうになった。

「だいじょーぶ?」

一哉は身体を起こすと、涼の背中をためらいがちにさすった。

涼は無意識のうちに膝の上の両手を握りしめた。自分からアプローチした覚えはなかった。ただ変な自責の念がわき起こっていた。

(ごめん。あいつと別れられない)

苦し紛れに言葉を絞り出したあの人の声が涼の耳の奥によみがえり、血の気が引いていく。まるで忘れることを拒絶されているようで、涼は震えそうになった。

「そろそろ戻る?」

寒気を覚え鳥肌が立った瞬間、それを断ち切るような一哉の声が届いた。同時に、一哉はサンドウィッチの入っていたビニール袋とワックスペーパーを潰し、もう片方の手を涼に差し出した。

　現実に引き戻された涼は、その細くしなやかな一哉の指を見つめた。

　こんなに青く晴れた空の下で、少年と呼ぶほうが似合う男の子といる。情けないのか哀しいのか、涼は自分の感情をもてあまして奥歯を噛み締めた。

「戻らねーの？」

　再度、一哉は聞いた。涼は一瞬迷ってから大きくうなずいた。

「戻りましょう」

　精一杯に明るい声で自分に喝を入れた。そして、差し出された手をつかんだ。

　一哉がその手を引くと、涼は勢いよく立ち上がった。一哉の華奢な身体のどこにそんな力が秘められているのかわからないけれど、それは強く頼りがいのある力強さだった。


　部屋に戻ると同時に、一哉のスマホが鳴った。ずっと繋いでいた手を離したのは、その時になってだった。

　自然に手を繋いでいたことの不思議さに、涼は自分で自分がわからなかった。一哉といると、今までの自分のペースが変わってしまうようだ。

「あ……うん。セトリはそれでいく。いい、いらない。うん」

　一哉は電話でライブの打ち合わせをしながら、てきぱきと服を乾燥機から取り出し、涼に手渡した。

　涼は洗濯物を受け取って畳むと、改めて部屋の入り口で室内を見渡した。やけに目立つダブルベッドのリネン類は目が覚めるように白く、寄ったシワさえも光を反射している。窓際には作曲に使うのだろうか、ローランドのキーボードとギブソンのギターが立て掛けてある。

　天井まで届く高さのある本棚は空きが目立っている。そこにあるのは大判の写真集ばかりだった。涼は近づいて、一冊ずつ背表紙に目を通した。ヨゼフ・クーデルカ、ロバート・フランク、ダイアン・アーバス、アンリ・カルティエ・ブレッソン、ハンス・ベルメール、木村伊兵衛……。ディスプレイも兼ねたモノクロの表紙が白い部屋をより温度のない部屋へと変えていた。

　涼は、まるで一哉の精神がむき出しになっているかのような印象を持った。

　間もなく、奥の部屋から電話を終えた一哉が出てきた。そのままキッチンで蛇口からひねり出した水を、顔を傾けて飲んだ。

　涼は話の端緒を求めて、一哉に声をかけた。

「写真、好きなの？」

　腕で口元を拭った彼の返事は「ん」という素っ気ないものだった。あまり趣味には触れられたくないのかもしれないと思った涼はライブのことに話を振った。

「昨日、すごかったね。熱狂的というか」

涼は、年下の、しかも二十歳前後らしき男の子との間に共通の話題を探しながらも、どこか自分の言葉が上滑りしているように感じた。一哉は涼の言葉など耳に入らないのか、グラスに注いだ水を差し出した。

「飲む?」

「あ、はい……」

話の腰を折られた形になった涼は冷たい水に口をつけて黙った。一哉はきしんだ音をさせてベッドに座ると、スコアを眺め出した。

これ以上話題を探して声をかけるのも空しく、涼は窓に近づいて外を眺めた。渋谷の真ん中で、広く開けた空を見ることなどあまりない。公園帰りに見たエレベーターが止まった階数は最上階の四十八階だった。見下ろすと、渋谷の駅前はもちろん、恵比寿、代官山、六本木……と見渡せた。

車や人は米粒のように小さく、永遠のサイクルのように尽きることなく動いている。涼は一瞬気が遠くなりそうになり、視線を外すと、窓にひどい顔が映っていることに気づいた。いつもは仕事柄、きちんとしたメイクをしているけれど、晒した素顔はどこか頼りなさげだった。

(涼は、そのままだって十分キレイだろ)

耳奥に残る優しい声が、塞いでも幻聴のようにまとわりついている。涼は大きく頭を振って自分の中からそれを無理やり追いやった。

涼はスコアを真剣に見ている一哉が、自分にまるで興味を持たないことに一抹の寂しさを感じた。けれども、それが現実だとも思った。すれ違うばかりの人生の中で、とてもキレイな少年に出会って、一度きり身体の関係を結んだ。ただそれだけのことだ。

涼は窓から離れると、もう一度、一哉に話しかけようとした。でも、それより先に彼が顔も上げずに口を開いた。

「そういやアンタの名前聞いてなかった」

「……高梨涼です。あなたは？」

顔も上げずに聞く一哉の態度に、涼は不愉快さを覚えた。一哉にもそれが伝わったのだろう。一哉はスコアを置くと、涼を真っすぐに見つめて言った。

「遠野一哉」

涼がたじろいでいると、一哉は硬質な表情の中にかすかに笑みを見せた。

「涼さん、しばらく泊まってけば？」

ようやく名前を知った相手の言葉に、涼は一瞬目を見開いた。不愉快になりかけた気分など、あっという間に消し飛んでいた。

3　名前のつかない関係

涼はため息をこぼした。すぐ隣から穏やかな寝息が聞こえてくる。軽く身じろぎすると、窓からの月明かりが一哉の整った顔を幻想的に照らした。再び窓のほうに顔を向けると、視界に夜空が映った。それは果てしなく美しく、部屋が濃紺の湖に浮かぶ孤島のように感じられた。

若いからというだけで当然のように身体を求められ、涼は一哉と成り行きのままに身体を重ねていた。一度目の記憶はない。二度目は一哉からの誘いとはいえ、合意の上だ。少年のような年下相手にリードされて欲情してしまった涼は、情けなさにもう一度大きなため息をついた。

どれだけ女が言い寄ってくるのだろう……。

そう思うほどに涼は、一哉の大人びたテクニックに翻弄され、女慣れした優しさに何度もほだされた。強引なあの人の抱き方とは全然違っていた。

お互いに甘え合えるようなくすぐったい距離感とでも言うのだろうか。なにより、一哉のキスに腰砕けになりそうだった。きっとこのまま共に時間を過ごせば、離れられなくなる。そんな予感が足元に押し寄せていた。

「参ったな……」

自己嫌悪に陥り、涼は意図せず呟いていた。一昨日まではあの人しか見えていなかったのに、もう心が揺れ始めている自分が軽薄に思えた。

「何が？」

「やだっ、起きてたの!?」

思いもよらず言葉が返ってきて、涼は自分でもわかるくらい顔が熱くなった。

「べ、別に、なんでもない……」声が尻切れとんぼのように小さくなる。

「ふうん」

「あの……明日ライブなんだよね？　私……泊まってるの迷惑じゃないかな？」

予防線を張った卑怯な言い方だと思った。涼はどこかで「迷惑じゃない」という言葉を期待していた。

「あーどうだろ……」

一哉は眠たげに答えた。その様子に涼はかすかに落ち込んだ。

「一哉くんだって集中したいだろうし」

二十六歳にもなれば心にもない言葉など簡単に口にできた。もう少しこの部屋にいたいという本心とは裏腹だった。

一哉は「別に……」と呟くように言うと、涼の腰に腕を回して、顔を首のあたりに埋めるようにくっついた。

「涼さんの身体、気持ちいい……」

子どものように抱きつく仕草が、涼の心をくすぐる。一哉がまた眠りに落ちるのを待って、そっとその腕に触れた。鎖骨のほうまで伸び上がった闇色の蛇は、十字架に巻きつきながら口を開けて静かに息づいている。

一哉が涼を抱く間、それは本物の蛇のように動いた。まるで身の内を食らい尽くされるかのように生々しく、同時に囚われていくようだった。

涼はタトゥーをなぞりながら、一哉の筋肉の流れを確かめた。あの人と同じ男の腕でも、彼の腕は細くしなやかだった。力はあるのに柔らかくて、優しく涼を包み込んだ。

こんな時でさえ、あの人と比較している自分にふと気づいて、涼は目を潤ませた。かすかに一哉が身動きして、涼を抱きしめる腕に力がこもった。涼は一瞬身体を固くしたものの、目を閉じて泣きそうになるのを堪えた。けれども、耳元に届く寝息と一哉の身体の温もりに、目尻から一筋の涙がこぼれ落ちた。

涼が眠りに落ちた頃、一哉はうっすら目を開け、天井を見つめた。

翌日の日曜日。一哉は十八時開演のライブリハーサルのため、午後早々に出掛けた。

「とりあえずこのキー渡しとく。オートロックだから、かざせば入れるから」

「ライブ何時に終わるの？」

「二十時。その後飲みだから。じゃあ」

「いってらっしゃい」

涼は玄関で、自然な笑顔で一哉を見送った。踵を返そうとすると、背後でドアが開き、一哉が再び顔をのぞかせた。

「涼さん仕事してんだよね？　クローゼット適当に使っていーから服買ったら？」

そう言い残して、一哉は出掛けていった。

涼は、この関係をどう名付けたらいいのかわからなかった。あのルックスと若さなら彼女がいるに違いないと思ったからだ。

気まぐれ――。涼の頭にそんな言葉が浮かんで、脱力するように苦笑した。恋に進展するには、出会いも年齢もむちゃくちゃだ。でも、今は誰かと一緒にいられることだけで救いだった。

涼は金曜日に着ていたスキニーパンツとシャツに着替えた。通勤服なので気分が引き締まる。窓から自宅のある横浜方面に目をやった。自分の部屋には、あの人の記憶が部屋の隅々まで染みついているから、泣くばかりになりそうで帰りたくない。

涼はその日、銀座の百貨店と有楽町のファッションビルで、ジャケットとパンツ、カットソー、スカート、部屋着のTシャツやランジェリーなどを買い込んだ。当面必要そうな日用品も揃えて一哉の部屋に戻ったのは、夕方の六時をまわっていた。

夕食用に買ってきたデパ地下の総菜から一哉のぶんを取り分けて冷蔵庫にしまうと、行儀が悪いと思いながらもベッドに寄りかかり、窓の外を見ながら総菜を口に運んだ。

しんと静まり返った部屋で、一人食べる夕食に寂しさが込み上げる。涼は鬱々とする気分を変えたくて、スマホを取り出して曲を流した。でも、プレイリストにあるのは、あの人が好んで聴いていたジャズばかり。二、三曲かけたところで停止した。

あの人のいない時間を受け入れていくのは想像以上に苦しいことだった。一人でいると、どんなに振り払っても、あの人との思い出が頭に浮かんでくる。買ってきた総菜も味気なく感じられ、すぐに箸を置いた。

洗い物を済ませると、シャワーを浴びてTシャツに着替えた。くつろぎモードになったものの、自宅と違ってこの部屋ではすることがない。普段は晩酌なんてしないが、冷蔵庫で冷えていたビールを開けた。缶を開けた時の音に、また思い出がよみがえる。

(涼はカクテルが好きだね。俺はやっぱりウイスキーだな)

そう爽やかに笑って、あの人は行きつけのバーでバランタインを飲んでいた。バーのマスターもあの人の好みはよくわかっていて、たまに年代物が入るとジョニーウォーカーや山崎も勧めていた。

涼はもっぱらモヒートかジントニックを注文していたけれど、一番の好みはビールだった。いつからか、オーダーするお酒のセレクトにすら気を遣っていた。かわいくない女と思われたくなかったからだ。

暗鬱な気分に嫌気がさした時、月の冷たい光が差し込んできた。涼はふと抱かれていた時の、一哉の真剣で静かな瞳を思い出した。透明で、欲情に潤んだ美しい瞳に、ずっと見つめられていたかった。

でも、その瞳はすぐに傲慢なほど自信に満ちた眼差しへと変わった。涼という名前を「爽やかでお前らしい」と褒めた人の顔が浮かび、めまいを覚えた。

切なさを打ち消したくて、涼はハイペースで二缶目のビールに口をつけた。少しぬるくなったビールの発泡がのどにざらついた。

明日から、どんな顔をして会えばいいというのだろう。何よりあの人は、会社の上司なのだ。そう思いながら、涼は目を閉じた。

自分の心の隅からわき上がってくるどす黒い感情に揺さぶられそうだった。重くなっていく気持ちと比例して、身体が床下に沈んでいくようだ。

涼は奥歯を噛み締めて、涙がこぼれそうになるのを堪えた。未来なんて、永久になくなればいいと思った。

でも、なぜか早く一哉の顔を見たかった。

涼は夢の中で玄関が開く音を聞いた気がした。遠くで缶と缶がぶつかる音がした。

「うわ、飲んでんの。……寝てんの?」

呆れた表情で一哉が缶を拾い上げながら、涼の顔をのぞき込む。

「涼さーん……」

涼の鼻腔をお酒と煙草の匂いが掠めた。涼は靄(もや)のかかった頭の隅で、あの人が吸っていた煙草と違う匂いだと感じた。

「涼さん……」

自分の名前を呼ぶ甘くハスキーな声がする。

一哉は涙の跡の残った涼の頬を舌先で舐め、うやうやしげに唇を重ねた。涼は眠たさのあまり、されるがままだった。

口の中に熱くてぬめりとした感触が滑り込み、かすかに清涼感の混じった煙草と甘いカクテルの味がした。それが現実の出来事なのか、夢なのか区別がつかなかった。ただ癒されるような心地よさに、セクシャルな疼きが交じり、涼はかすかに身をよじらせた。

一哉は目を閉じたまま幸せそうな笑みを浮かべる涼を抱き上げ、静かにベッドに下ろした。毛布の肌触りのよさに涼はさらに深い眠りへと引きずり込まれた。一哉は涼の首元に顔を近づけ、そっと舌先で首筋をなぞった。

「また泣いてんの……?」

一哉は愛しむように涼の髪を撫でた。涼は遠のく意識の中で、むずかる子どものように腕を伸ばした。

涼が目を覚ますと、カーテンの向こうにすでに太陽が昇っていた。スマホの時計を見て遅刻だと青ざめた瞬間、ここは横浜ではなく渋谷だったことを思い出した。

背中から一哉の腕が回されていることに気づいて、涼はそっと外した。一哉は上半身に何も着ずに眠るのが習慣らしい。涼が起きたことでさらされた素肌が寒そうで、肩まで毛布を引き上げて掛けなおした。一哉はライブで疲れているのか、気づかずに熟睡したままだ。

涼は冷蔵庫を開け、一哉が総菜を食べてくれたことを知って安堵した。キッチンには、昨日飲んだビールの缶が置いてあった。自分で運んだ記憶がないので、一哉が片付けてくれたことを、涼はすぐに悟った。と同時に、抱きかかえられて、ベッドに下ろされた記憶がうっすらとよみがえる。

言葉は少ないけれど、さりげない一哉の優しさに、涼はここ数日の荒んだ気持ちが薄らいでいく気がした。幻想かもしれない。でも、今はそれでよかった。

グラスを片付け、音を立てないように注意しながら出勤の支度をする。今日の予定を思い返しながら、昨日買ったジャケットの袖に腕を通した。

すると先週まで恋人でもあった、課長という肩書きを持つ直属の上司と仕事をしなければならないという現実が重くのしかかってきた。いつもと変わらず接することができるのか不安だった。

支度を終えると、身動き一つしない一哉にメモを残した。涼はベッドに少年を残して出勤するというシチュエーションに変な気分に襲われた。彼女でもなければ、もちろん母親でもない。いつか終わりにしなくてはならない関係なら、なおさら今は何も考えたくなかった。

涼は自分のほおを軽くはたくと、ドアを静かに開けた。

4　金曜の夜の真実

〝大手町〟の車内アナウンスが流れて、涼は新聞をバッグにしまった。無理やり普段通りに記事に目を通していたものの、内容が頭に入ってこないことに自分でも気づいていた。気が滅入って足どりも重く、できれば回れ右をして地下鉄の階段を駆け下りて、どこかへ行ってしまいたかった。

そんな気持ちとは無関係に、駅から五分も歩くと会社に到着した。

大きな車寄せのアプローチを横切り、高さのあるガラス張りの一階部分、自動回転ドアに足を踏み入れた。受付のあるロビーを横切り、社員証兼ＩＤカードをセキュリティのカードリーダーにかざしてエレベーターホールに入った。カードリーダーの両隣に立つ警備員は、律儀に「おはようございます」を繰り返している。エレベーターが向かう十八階が涼の働くオフィスだ。

いつもの朝の風景のはずなのに、見知らぬ場所に一人でいるような気さえした。平常心でタスクをこなせるのか不安になりながら、涼は今日何度目かのため息をついた。

「エレベーター待ってくださーい！」

その時、すっとんきょうなほどに明るい声が飛び込んできた。涼の直属の部下で新入社員の原田崇（はらだたかし）だった。明るいグレーの細いストライプ地のスーツに鮮やかなスカイブルーのネクタイをしたフレッシュなスタイルは、短髪で精悍な顔立ちに映えていた。学生の頃は陸上部だったらしく、女子社員の間では注目株らしい。

「あ、高梨さん！　おはようございます」

「おはよう。月曜から元気だね」

「寝坊しちゃって。間に合わないかと焦りました」

原田は膝に手をついて息を整えながら、涼を見上げて笑った。

「最近はいつものことじゃない。まだ時間は余裕でしょ？」

「いやいやいや。新入社員は始業十五分前原則！」

「そうだっけ？　ネクタイ曲がってるから、着くまでに直しておいてね」

「うわ、課長に見つかったらどやされる」

涼と原田が勤めるのは商社だ。商品に付加価値をつけて多額の金額を動かす客商売である以上、身だしなみにはうるさい社風だった。

所属部署のフロアに着くと、涼は挨拶を交わしながらデスクにバッグを置いた。何気なく課長席をチラ見したものの、まだ出社していないことはわかっていた。いつも始業五分前の出社が課長の習慣だった。

涼は、隣で原田が話すにぎやかな会話に気を紛らわせながら、ぐっと背筋を伸ばした。

「そうそう高梨さん、昨日の〝笑活笑コン〟観ました？」

「ううん、観てない。おもしろかったの？」

涼はパソコンを起動しながら聞き返した。テレビのお笑い番組の話を振ってきた原田は明らかにがっかりした表情を見せた。その素直さに涼はつい苦笑した。同僚や上司の男性ともなると、世界の経済動向やニュースなどの話題が多いので新鮮なのだ。

「昨日観てなかったのはもったいないっす！　お笑い番組好きって言ってたから、感想を聞きたかったんです」

「そんなこと言ったかな？」

「違いますよー。原田は涼先輩と話したいからだよねー」

並びのデスクで野次を入れてきたのは、原田と同期の女性社員、佐原智だ。この二人が涼のチームに配属された新入社員だった。軽妙なやりとりも、同じ大学卒のためノリが合うらしい。

「何言ってんの。俺はなー、先輩方と親睦を深めて、より会社に貢献したくて」

「はいはい、そうだねー。貢献しないとねー」

普段なら二人の様子に気持ちがほぐれるはずなのに、今日の涼はどこか上の空だった。頭の隅で課長席を意識している。そんな自分がたまらなく嫌だった。

その時、「おはよう」とフロアに力強く響いた低い声に涼の肩が揺れた。

課長の矢上俊樹だった。今流行のネイビーカラーのスーツに、紫の斜めのストライプが入ったグレーのネクタイ、そして茶色の革靴と、頭の先からつま先まで一切の隙がない。

矢上がデスクの間を歩いてくると、次々と社員は頭を下げて挨拶を返した。矢上が近づくにつれ、涼の心臓は鼓動を増し、握りしめた手のひらに嫌な汗が滲んだ。

「おはようございます、課長」

「おはよう」

涼は矢上の顔をあまり見ないようにしながら挨拶をした。矢上は手を挙げて他の部下たちに応えながら、爽やかな笑顔とともに一瞬、涼に視線をよこした。いつもの二人だけのアイコンタクトだった。でも、今日はその視線を受け止められずにそらした。

矢上にどこも変わった様子はない。いつもと変わらない朝の風景。しかし涼の心だけが、あの金曜の夜に引き戻されていた。

矢上はデスクにつくなり、部下たちに指示を出し始めた。社内きってのエリートコースを歩む三十四歳のイケメン課長と社内外から評価されている男。すべての所作が自信に満ち溢れている。

そんな矢上に涼が憧れの気持ちを抱くのに時間はかからなかった。だからこそ両想いになれた時の切なさと嬉しさを思い出すと、胸の奥が黒い血の泡で沸騰するようだった。

とぐろを巻く感情を抑え込もうとうつむいた瞬間、課長席から「高梨」と、声が飛んだ。

涼が顔を上げると、矢上が見ていた。

「今日はワールドアドエージェンシーが十三時半に来社、夕方は日本アクアプランテーションに向かうんだよな？　事前打ち合わせしたいから十一時にミーティングルーム！」

「はい！」

容赦ない矢上の鋭い声に、涼は課長補佐を務めてきたチームリーダーとしての顔を取り戻した。男社会といわれる商社で、ようやくつかんだポジション。たかが恋愛一つ失っただけで手放すわけにはいかない。

しばらく耐えれば、普通に仕事上だけの関係を築いていけるだろう。そう涼は自分に言い聞かせながら、いつも以上に気持ちを込めてパソコンに向かい資料作りに取りかかった。なぜなら、少しでも気を抜くと、目が潤んで画面が滲みそうだったからだ。


腕時計は五分の遅れを示していた。時間に厳しい社風ゆえに焦りながら、涼はミーティングルームへ向かう。ノックして入ると、見慣れたスーツ姿が目に入った。

「遅れて申し訳ございません！」

「いや、大丈夫だ。原田にでも引き止められたか？」

矢上は苦笑いを浮かべた。

いつもと変わらない矢上の態度に、涼は何とも言えない複雑な気持ちを抱えながら、「そんなところです」と笑顔を作って丸テーブルについた。

二人だけのミーティングルームで、涼は何事もなかったかのように用意していたリサーチ結果を報告し、先方での打ち合わせの段取りを相談した。短時間でのミーティングを好む矢上が相手なだけに滞りなく進んでいく。そのせいか解消できない複雑な感情が胃の底のほうでずっとうごめいていた。

知らないうちに涼の心は、あの金曜の夜にいた。

「涼。ごめん……、あいつと別れられなくなった」

うめくような声だった。一瞬、涼には矢上が何を言い出したのかわからなかった。パティシエ特製のブリュレにスプーンを入れたまま、向かいに座る矢上を見つめた。彼は手元に引き寄せた赤ワインが注がれたグラスを手にしたまま、真紅の色をじっと見ていた。

「ごめんなさい。今、なんて……」

「……妻と、別れることができなくなった」

先週行った湯布院の温泉旅館で、涼は貸切風呂に浸かりながら矢上から離婚のために話し合いの場を設けたと聞いたばかりだった。時間が少しかかるけれど、待っていてほしいと言われた。驚いたし、同時にあまりの嬉しさに怖くなって、何度も「本当?」と聞き返して矢上を呆れさせたほどだ。

二人で太陽の下を堂々と歩ける日がくる。そんな喜びに浸って、一週間も経っていなかった。

「涼と一緒になりたい。それは変わらない。そのための準備も進めてきた。でも……すまない」

涼には、目の前に座る矢上の苦しげな声が遠くに聞こえた。静かに置いたつもりのスプーンが耳障りな音を立てた。

「そ、そっか……。仕方ない、ね」

震えそうな声を引き締めて、ワイングラスをつかんだままの矢上の手に、涼は自分の手を重ねた。いつものように「大丈夫」と声をかけようとしても、言葉がうまく出てこなかった。

今までも矢上の離婚のことでこういう場面は何度もあった。それでも、その度に彼は「大丈夫だよ、なんとかなる。商談と似たものだと考えれば気が楽さ」と言った。だから涼もまるで二人の合言葉のように、「平気、待つから」と返してきた。

それなのに、今日はその言葉が二人の間に出てこない。

涼は努めて明るい声を出した。

「あ……じゃあ、今日は泊まらないでこのまま……帰るのよね？」

「あ……いや、そう……だな」

いつも強気な矢上が表情を曇らせていた。

「大丈夫、私は一人でも。覚悟してたから」

「え？　……本当にすまない。ただ俺は……」

その時、矢上のスマホがバイブ音を立てて、涼の心臓が縮み上がった。彼はスマホの画面を見るとため息をついた。

「……妻だ。悪い、出てくる。待ってて」

矢上は涼と目を合わせないままテーブルを立って、店の外に出ていった。

恵比寿の住宅地にあるビストロは週末のディナーともあって混み合っていた。二人が訪れると、店内の奥の半個室を何も言わずとも使わせてくれる気心の知れた場所だった。でも今日ばかりはこの場所から一刻も早く逃げ出したかった。「俺は……」の続きを聞きたくなかった。

矢上が戻ってきたら「私は大丈夫、平気だから」と言おう。涼はそう心に決めて、テーブルの上のキャンドルの小さな炎をぼんやりと見ていた。炎はすぐに滲んで、視界いっぱいに広がった。

〝平気〟なわけがなかった。

涼はバッグをつかむと席を立って、店から駆け出した。


「……高梨？　聞いてるか？」

「あ、はい、聞いていています」

「じゃあ、この統計に関するマーケ資料だけ追加で用意してくれ。大事な商談だ。ぬかりなくな」

たった二十分のミーティングだった。矢上が書類をまとめなおして涼に差し出した。上司と部下として当たり前のやり取りが続き、恋人だった時間が風化していく。そのやるせなさに、部下の仮面がはがれ落ちそうだった。泣き出しそうな自分に焦りながら、涼は書類を胸に抱えて、矢上と目を合わさずに頭を下げた。

「では十三時二十分までには準備します。よろしくお願いします」

涼は義務的に一礼してミーティングルームを出ようとした。その時、矢上が後ろから涼の腕をつかんだ。

「涼、金曜の夜……なんで、俺を置いて先に帰った？」

矢上の声には、明らかにイラ立ちが交じっていた。思わず涼も「そうさせたのはあなたでしょ」と口にしかけたが、なんとか言葉をのみ込んだ。

「話は終わっていなかった」

この場でも別れ話のことを持ち出そうとする矢上の残酷さに、涼は頭痛を覚えた。

「涼、聞いてるか？」

「か、課長。腕……痛いです……」

そう言うのがやっとだった。涼の腕をつかむ力が緩んだ。次の瞬間、涼は強引に抱き寄せられていた。

「何か誤解してないか？」

矢上は涼の耳元で掠れた声で囁いた。涼の中でそれまでの動揺が嘘のように抱きしめ返したい衝動にかられた。この力強い腕がいつも思考を鈍らせる。

「涼がレストランを出てったと気づいてすごく焦った。スマホに何度も連絡を入れたが繋がらないし……」

泥酔している時にスマホを気にする余裕なんてなかった。

「……ご、誤解って……」

心臓の激しい音が聞こえてしまいそうで、涼は身体を矢上から離した。矢上は今日初めてまともに視線を向けた涼の目の奥を、真顔でのぞき込んだ。

「俺は、涼と終わりにするつもりなんてない。終わりになんてできるか……」

小さく矢上が呟いた。

一瞬にして涼は心が躍るような喜びを感じて、矢上のスーツの上から腕に触れた。涙がこぼれそうなのを必死でせき止めた。

「ごめんなさい……勘違いして。だって真面目な顔で、奥さんと別れられないなんて言うから……」

涼がごまかすように笑うと、矢上は視線を下に落とした。

「……妻とは」

不穏な気配が涼の胸に再びわき起こる。

「妻とは別れられない。それは本当だ」

息が止まったかのように、涼はスーツをつかむ手を離していた。今までと変わらない関係だとわかった瞬間、ひどく乾いた風が胸を抜けていった。

「それじゃ……」

「都合がいいのはわかっている……。それでも涼と別れるなんて考えられない」

涼は魂が煙のように霧散して身体から抜け出ていったような脱力感に襲われた。

離婚の準備を始めたと聞く以前の涼なら、今の矢上の願いを素直に聞き入れられたかもしれなかった。でも、すでに二人の未来を現実的に思い描いて、これからの時間に想いを馳せてしまっていた。

涼は無言のままうつむいた。

「涼？」

「なんでもない。そろそろ戻らないと」

「涼？　どうした？」

涼はかすかに身体をよじって、矢上の腕からさらに離れた。その瞬間、涼の腕の中の書類が床に落ちた。慌ててそれを拾い上げながら、心を落ち着かせようと呼吸を整えた。

冷静に考えれば、元の関係に戻るだけの話だった。誤解だったのだから、これまでのように振る舞えばいい。

「ホッとしたら少し気が抜けたの。さ、プライベートの話は終わりにしましょう」

顔を上げて矢上に微笑んだ。

「涼?」

恋人としての顔のまま、矢上がわずかに眉根を寄せた。不安やイラ立ちを感じている時の矢上の癖だった。人の表情や様子を読むことに長けている矢上のことだ、涼の些細な変化を察しているだろう。

その時、ふいに廊下から足音が聞こえてきて、ミーティングルームの前で止まった。ノックの音が室内に空しく響いた。

「失礼します、矢上課長いらっしゃいますか?」

「あ、ああ。なんだ?」

矢上がドアを開けると、矢上の上司である武田(たけだ)専務の秘書らしき男性の顔が見えた。

「打ち合わせ中すみません、武田専務が呼んでいます。会議が始まると」

「そうだった。高梨、話はまた。とりあえずお願いした資料を頼む」

時計を見て慌てたように振り返った矢上の顔は、いつもの課長のものだった。

「はい、かしこまりました」

涼は頭を下げて、急ぎ足で出ていく矢上を見送った。自分のデスクにすぐに戻る気にはなれず、近くのイスに身体を預けた。

ずっと叶わぬことだと鍵をかけてきた想いは、一度あふれたら元には戻せなかった。離婚できないなら関係を終わりにしてくれたほうがどんなに楽かと思った。妻よりも愛している。それだけで満足していたはずなのに、こんなにも貪欲に離婚を望んでいたことに自分でも驚いていた。

矢上に迷惑がかかるのが一番嫌で、誰にも言えずに秘めてきた恋だった。わかっていて選んだ恋なのに、愛されるだけでは満足できないと叫ぶ心がどこかにあった。相反する二人の自分が嵐のようにせめぎあって、心が散り散りになりそうだった。

涼は泣き出しそうな顔で天井を見上げた。目を閉じると、矢上との始まりが嫌でも思い出された。

矢上に追いつきたくて、仕事に打ち込んだ。既婚者と知っていたから特別な存在になれなくても、そばで力になれるだけで満足しようとずっと気持ちを抑えていた。でもある商談が成立した日、祝杯を上げようと飲みに誘われた先で矢上から告白された。天にも昇る心地だった。

「軽蔑しないでほしい。妻がいても、どうしても……抑えられなかった」

酔いに任せて涼の手を握ってきた矢上の濡れた目は、その一瞬だけで涼に火をつけた。バーを出た後、暗がりで矢上に抱きしめられた。不倫という言葉など浮かばなかった。

無骨な男らしい指が髪をすくいあげる時の切なさも、優しく自分を見つめるその愛しさも、涼から断つことなどできるわけがなかった。いっそのこと、周りのすべてから拒絶されるほど、自分を壊してしまいたかった。そうしたらこの苦しみも忘れられるように思った。

胸を塞がれるような想いに耐えきれなくなりそうになった時、再びノックの音が室内に響いた。

「高梨さん、いますかー？」原田の声だった。

「は、はい、何？」涼が慌てて表情を引き締めたと同時にドアが開いた。

「もう矢上課長は戻ってきてたんで……。高梨さん、今日の昼飯、みんなで行きませんか？」

「いいわ。ただ準備があるから早めに社に戻ると思うけど」

「大丈夫です！　って、その書類、そんな大事なんすか？」

涼は不思議そうな原田の視線をたどって、自分の胸に目をやり苦笑した。書類を強く抱きしめていた。

原田は相変わらず陽気に話し始める。そこでようやく涼は肩の力を抜いた。呼びに来たのが原田でよかった。同世代の新入社員でも佐原のような女性のほうがはるかにしっかりしている。彼女だったら、何か勘づいたかもしれない。

二人のことを考えるうちに、急に一哉のことが頭に浮かんだ。原田たちより年下だが、実際、いくつなのだろう。まさか十代ということはないはずだ。自信がなくなって一抹の不安がよぎった。

ステージで歌っていた一哉の姿には十代にはない貫禄があった。しかもセックスしている時だって、とても年下とは思えなかった。しなやかに動く腕の筋肉のなまめかしさと汗ばんだ顔の……と週末のことを思い出して、頬が熱くなった。

「少し急ごうか」

頬の熱さを気づかれないように、話題の尽きない原田を促した。さっきの感情の波も、一哉との情事の記憶も、すべて振り切るように足早に歩いた。

5　少しずつ縮まる距離

「ただいま」と呟いて涼はドアを開けた。人の動きを察知して自動でついた明かりの下に一哉の気配はなかった。

矢上との出来事のせいでもやもやする気持ちに蓋(ふた)をしたまま、買ってきた食材の袋をキッチンに置いた。冷蔵庫を開けると、一哉用に取り分けていた総菜は食べられて空っぽになっていた。ただそれだけのことなのに、涼の落ちこんでいた気分が少し和らいだ。

出来合いの物ではない料理を出してあげようと思い立ったのは、最寄り駅からの道すがら、二十四時間営業のスーパーの前を通った時だった。涼の自宅のそばにもひと気の多い商店街はあった。しかし帰宅する頃には、閉店の時間を迎えてしまっていた。

涼は棚の奥から炊飯器を探し当てて引っ張り出した。ほとんど使ってないらしく、新品のようにキレイだった。調味料も最低限のものしかないらしく、簡単なものしか作れそうになかった。

決めたメニューは、レタス炒飯にサラダ、買ってきた鶏ガラスープで簡単な卵スープ。手を動かしていると、一哉の好みも何も知らないことに気づいた。普段食べているものといえば、シリアルが多い。それからサプリメントもたくさん戸棚に入っていた。それでよく身体がライブに耐えられるものだと、涼は思った。

涼は自分のぶんを食器によそうと、部屋の中で一番大きな窓側に移動して座った。静かだった。時計の針の音だけが響いていた。短針は九の文字盤を指している。大きな窓の向こうに照る月がとても近くに見えた。

自分自身とひたすら向き合わされるような部屋の中で、涼は無理に矢上のことを頭の中から追い出した。寂しかった。一哉に早く帰ってきてほしかった。

連絡しようかと悩んで初めて連絡先さえ聞いていないことに気づいた。接点はないし、涼とは生活スタイルがまるきり違う。あまりにも異質な出会い方をしたせいで、段階を踏んで知っていく当たり前のことがいくつも抜け落ちていた。

涼の唇から今日、何度目かわからないため息がこぼれた。漠然と一哉にキスしてほしいと思って頬が熱くなった。

明日また矢上と顔を合わせることを考えると足かせのように気分が重かった。今まで通りに振る舞えばいい。簡単なことだ。でも、それで本当に幸せなのか、疑問だった。思考がループして、うじうじしていく自分を止められなくなりそうだった。

その時、玄関で音がした。すぐに部屋のドアが開いて一哉が銀髪をかき上げながら入ってきた。

「お帰り、一哉くん」

一哉は涼の言葉に軽く頭を下げただけで、バスルームへ向かった。機嫌がよくないのか目すら合わせてくれない。涼が落胆していると、お風呂に湯を張る音が聞こえてきて、一哉が戻ってきた。

「あの、ちょっと料理を作りすぎちゃって、気が向いたら食べてくれないかな」

食べてもらいたくて作ったはずだったが、涼は言い訳めいた理由をつけた。

一哉は冷蔵庫からミネラルウォーターを取り出す際に、ラップされた料理に目をやったが、相変わらず無言だった。

涼は気をまぎらせようと食器を洗い始めた。その肩口から一哉がのぞき込んできた。

涼の頬に一哉の銀髪がさらりと触れて、涼は驚きのあまり皿を落としそうになった。

「わ……っぶね」

一哉が背後から間一髪のところで皿を受け取った。その動きの瞬間、ふっとバニラ菓子のような香りが鼻腔をくすぐった。香水だった。

「レタス炒飯？」

「う、うん。簡単なものだけど、卵スープとサラダもあるよ」

一哉から漂ってくるこの香りは、どう考えても女の子のものだ。そう思った瞬間、涼の胸の奥が切なくなった。

「じゃあ食う」

見知らぬ香りをつけた一哉が、知らない人に見えて涼の気持ちがざらついた。

一哉は表情を変えもせず、キーボードのほうに向かった。上に着ていたはずのTシャツを脱ぎ、上半身裸のまま、軽く腕をストレッチさせながら歩いていく。それに合わせて隆起する背中の筋肉の美しさに、涼は思わず見とれた。

一哉はキーボードの前に座ると、そばにあったスコアをじっと見つめた。涼の視線を感じた一哉が振り返った。涼は慌ててスープを温め始めた。

作業しながらでも食べやすいようにワンプレートにレタス炒飯とサラダをよそい、マグカップにスープを注いだ。運んであげようと思ったところで、彼女でもないのにそこまでして、とひねくれた気持ちが頭をもたげた。

「一哉くん、自分で持っていってくれる？」

「あー？　うん」

　少し険のある涼の声に、一哉が一瞬驚いた顔をした。そして彼はおとなしくキッチンに来ると、涼からマグカップとプレートを受け取り、スープに口をつけた。均整のとれた少し薄めの唇が涼の作った卵スープを飲み込む。

「……うま」

　一哉のそっけないながらも嬉しい感想に、涼は当てつけのように振る舞った自分の態度を反省して、思わず「ごめん」と呟いた。

「なんで？」

　謝られたことが不思議なのだろう。一哉が無垢で透明な光をたたえた目で涼を見た。

「な、なんでもない」

　涼が気にしないでと手を振ると、一哉がかすかに「ふうん……」と言って目を細めた。その唇がおもしろそうに含み笑いをたたえている。涼は香水に嫉妬したことを、一哉に気づかれたのかもしれないと思った。

「ま、いっけど……」

　一哉はそっけなく言うと、キーボードの前に戻っていった。

マグカップのスープを飲みながらスコアをめくる一哉の横顔を月光が照らす。夜空を背景に、まるで造形物のような精巧な輪郭を際立たせていた。

「先に風呂入ってきたら?」

手元のスコアから視線を外さずに一哉が言った。涼はまた自分が見とれていたことに気づいて、照れ隠しのように聞き返した。

「一哉くんはいいの?」

「先に済ませたいことあるから。つか、涼さん、明日も朝から仕事でしょ? 休みなよ」

「ありがとう。あの、食べ終わったらお皿流しに入れといてね。出てきたら洗うから」

「別に気にしなくてい一よ」

一哉は涼に顔を向けることもなく、スコアを目で追いながら答えた。涼には、こちらに何かを求めるわけでもないその距離感が心地よく感じられた。ついさっきまで、頭の中は別の相手で思い煩っていたはずなのに、今は一哉で占められていることに、涼はかすかに気づいていた。

涼がお風呂から上がっても、一哉はキーボードの前で真剣にボールペンを動かしていた。でも、料理はすでに食器ともども片付けられていた。

涼は日課のスキンケアとストレッチを終えると、湯上りの温かな身体のまま、ベッドに潜り込んだ。横になりながら、習慣であるニュースのまとめサイトや仕事につながりそうな情報をスマホでチェックした。

一通りサイトを巡り終え、毛布にくるまって一哉の様子をうかがう。干渉されたくないタイプなのだろうと思い、少し寂しさを感じながらも静かに目を閉じた。

バニラのような甘い香水の匂いが記憶によみがえる。覚悟していたこととはいえ、一哉に彼女がいると思うと、涼は胸の奥が痛んだ。矢上と重なる状況に気づき、この先をこれ以上は考えたくなかった。

寝返りを打つと、肌触りのいいシルクのシーツがかすかに音を立てた。この部屋に人の気配があるだけで安心できた。時計の針の音が規則正しい音を響かせていた。地上から遠く離れたこの部屋では、不安から解放され、ただゆっくりと眠っていたかった。

うつらうつらし始めた頃、煙草の匂いが鼻を掠めた。思わず涼が身体を起こすと、一哉の煙草を吸う姿が目に入った。

「煙草吸うんだ……」

メンソールで有名な銘柄のクールをしなやかな指が挟んでいた。男の手というより、美しい中性的な手だった。

ふと涼に疑問が浮かんだ。煙草を吸える年齢は二十歳からだ。

「そういえば一哉くんって、年いくつなの？」

「ジューハチ」

「……え？」

一瞬、言われた数字と煙草の吸える年齢が結びつかなかった。閃くように涼の頭の中に〝淫行〟という文字が浮かんだ。八歳の歳の差や未成年の喫煙に混乱して、涼は慌ててスマホで検索をかけた。

「ぷっ、は、ははっ、涼さん……！」

そんな涼をおもしろそうに眺めていた一哉がいきなり吹き出した。そのまま身体を折り曲げて、キーボードのイスから床に転げ落ちた。弾けるように笑う一哉の姿についていけず、涼は呆然としていた。

「あはは、ほんっと涼さん……わかりやすいっつーの」

「……そんなに笑う？」

涼はお腹を抱えて笑い続ける一哉に近づいた。涼を見上げた一哉の目じりには涙がたまっているほどだ。

「だって、オレとのこと淫行罪に当たるかもって思ったんでしょ？」

図星の指摘に、涼の頬が火を噴いた。

「だれがヤったこと知るっつーの。オレが警察に行くとでも思った？」

こんなに無邪気に笑う一哉を見るのは初めてだ。あまりの笑いっぷりに腹立たしさも通り越して、涼まで笑みがこぼれた。

「笑い過ぎ」隣に座り込んで一哉の頬を引っ張った。

「いてっ……涼さんいくつだよ？　少し考えりゃわかるっしょ」

あどけなく笑う一哉の表情はかわいく、潤んだ目は涼を捉えたまま動かなかった。

この数時間、涼は一哉のことばかり考えていることを自覚していた。それが何を意味しているのか、頭の片隅で打ち消した。

「涼さん、かーわい」

一哉が微笑んで、ふくれている涼の頬を撫でた。その優しい仕草に胸が高鳴った。いつもは目を合わせない一哉が涼の目を真っすぐに見ている。まるで一本の線で結ばれたかのように、涼も一哉から目をそらせなかった。

一哉が腕を動かして涼の髪に触れた。そのまま髪に指を絡めると、ゆっくり涼の頭を引き寄せた。涼は自然と目を閉じた。小鳥がついばむような柔らかなキスが落とされた。

一哉の手が涼の頭の後ろに回り、さらに強く引き寄せ、唇を甘噛みした。強引に絡むように差し入れられた舌に涼が応えると、合わさった唇を通してかすかに煙草の味がした。涼が少し身を離した。

「どうした？」

「煙草の味……なんか覚えがある気がして」

「そんなの……どーでもよくね？」

一哉は涼の疑問を遮るように再びキスをした。まるで自分の存在を、涼の唇を通して内面に刻むような濃密で深い大人のキスだった。

一哉のリードに任せて身体を開くほど、意識が飛びそうになった。一度自分を見失ってしまったら、二度と会えないような哀しみを覚えて、涼は一哉のTシャツを強く握りしめ、必死で理性をつなぎ止めた。

一哉の冷たい指先が涼の肌を滑る。触れるか触れないかの絶妙な刺激に、涼の感覚が鋭くなっていく。一哉の指先が欲情を秘めてうごめくたびに、涼の身体の奥が卑猥な予感にうち震えた。

月はまだ白く輝き、夜はまだ浅かった。


冷蔵庫から出したビールを一哉に手渡しながら、涼が聞いた。

「一哉くんって、本当に、ほんとーに十八歳？」

「うん。なんで？」

涼は普通の女性並みに恋愛して、男とベッドを共にしてきた。でも、今日もまたリードできなかったことに驚きを感じていた。若さの勢いで立て続けにセックスしようとする一哉をなだめたものの、本当にいろいろな意味でかたなしだった。

一哉はビールを飲みながら、ベッドにうつ伏せになってスコアに何かを書き込んでいる。かすかに上下する肩のしなやかな動きと滑らかな肌質が色っぽく、涼はラグの上からビールを手に、引き込まれるようにその様子を見つめていた。すると、一哉が口の端をわずかに上げ、いたずらっ子のような笑みを浮かべた。

「惚れちゃった？」

「そ、そんなわけないでしょ」

〝彼女がいるくせに〟と言おうとしたけれど、言葉が出てこない。

「じょーだん」一哉は軽く笑いながらいなした。

一哉に振り回されていることを自覚して、ビールをあおった。時計の針は午前二時を過ぎている。ビールを空けたら、起きられる自信はなかった。

「ペース早すぎ。明日仕事でしょ？」

「年下に心配してもらうようなことじゃないわよ」

涼が意地を張るように言うと、一哉が呆れたような顔で身体を起こした。嫌な予感に後ずさりしかけた涼の腕を素早くつかんで、一哉は涼のビールを奪い取った。

「残り、オレもらう」

「あ、ちょっと」

喉を鳴らしながら残り少ないビールを一気に飲み干して、一哉が生意気な笑みを見せる。

「もう、自分のがあるでしょ！」

涼が抗議の声を上げると、一哉は自分のビール缶の残りもあおった。呆れそうになった瞬間、すごい力で引き寄せられてベッドに引きずりこまれた。

「ちょ、あぶな……！」

バランスを崩した涼に、一哉は唇を重ねて口移しにビールを流し込んだ。ぬるくなって炭酸も弱くなったビールが無理やり喉の奥を流れていく。

「欲しいならもっとあげよっか？」

涼の唇の端からこぼれた一筋のビールを舌先で舐め取って、一哉が甘く耳元で囁いた。まだ冷めきらない女の本能を刺激されて、細胞が沸騰しそうになる。

「信じらんない……！」

涼は真っ赤になって口元を拭いながら、慌てて身を引いた。

「なんでそんなに女慣れしてんのよ……」

「不自由してねーもん」

悲鳴交じりでなじった涼に、何事もなかったような顔で一哉は肩をすくめると、再びスコアに向き直った。

仕方なく涼は一哉の隣に滑り込んだ。その手に柔らかい布が触れた。毛布でもシーツでもない肌触りに持ち上げてみると、一哉のボクサーパンツだった。

「一哉くん、下！　下履いて‼」

　さきほどまで抱き合っていたとしても、ノーパンでベッドにいられたら煽られそうだった。うるさそうに振り返った一哉のキレイな顔に、涼はパンツを押しつけた。

「わ、っぷ。なんだよ、ノーパンのほうが気持ちいいんだよ」

「あのね！　私がいるでしょ、私が！　親しい仲にも礼儀ありよ」

「ええ？　さっきまで涼さんもノーパンだったじゃん」

「あ、の、ね、え。さっきはだって、だって……」

「だって？」

　一哉はいたずらっ子の目になっている。

「し、してたんだから仕方ないし、今はもう」

「あれ、まだ足りない？　もっかいする？」

「おやすみ‼」

　涼は毛布をかぶると一哉に背中を向けた。冗談を言い合えるくらいには、心の距離も近くなった気がした。

　毛布から顔を出すと、渋々ボクサーパンツを履く一哉の背中が見えた。本心を言えば、かすかに汗ばんだキレイな背中に本当はまだ触れていたかった。

「ヤっといてノーパンダメとか意味わかんねー」

一哉が不機嫌そうな声で文句を言っている。明日仕事でなければ一哉の誘いに流されていただろう。

涼は一哉から空になったビール缶を取り上げて立ち上がった。

「あ、オレが捨てるから早く寝なよ」

一哉が涼の手からビールの空き缶を奪い取った。二本の空き缶とスコアを手に、ベッドを出てキーボードのほうに歩いていった。

涼は一哉の言葉に甘えて目を閉じた。眼裏(まなうら)に矢上の顔がよぎった。彼との間には、いつも不安がつきまとっていた。それでも自信に満ちた、ときに強引に人を従わせるような目に涼は虜だった。一方、一哉の目はどこまでも澄んでいて、その奥に何があるのか確かめたい、そんな気持ちにさせられる輝きを放っている。

眠れずにいると、しばらくしてベッドがきしんだ。毛布の中の空気が温かくなって、涼はうとうとし始めた。涼の眼裏で、矢上の顔に一哉の顔が重なって消えていった。


涼は残業を終えると逃げるかのように一哉の部屋に帰る日が続いていた。一哉は帰ってくると、甘えるように涼を求めた。涼も一哉に溺れた。弾け飛んでしまいそうなところまで昇りつめて、そのまま泥のような眠りへと引きずり込まれる毎日だった。

ただ、さすがに連日の疲労が溜まっていたらしい。涼は入社以来、初めて寝坊した。目覚めたのは午前八時。通勤時間は二十五分でギリギリだ。

「いってらっしゃい……」

焦りながらヒールを履いていた涼の背中に一哉が声をかけた。びっくりして振り返ると、毛布を引きずったままあくびを噛み殺した一哉が立っていた。

「ご、ごめん、起こさないようにしたつもりなんだけど」

「うん……」

「今日もライブ？」

「スタジオ録り。たぶんリーダーがうちに来る……」

「リーダー……？　え、一哉くんのバンドの？　私、外で時間つぶしてよっか？」

「別に大丈夫じゃねー……」

はっきりしない一哉の言葉を追求する時間もない。涼は「いってきます」と言おうとして、腕を捕られた。

「ちょっと、な……んん」

引き寄せられた瞬間、キスされた。それは朝の爽やかさを吹き飛ばすほどのディープキスだった。

「一、哉くん！」

慌てて一哉の胸を押しやると、一哉が涼の唾液で濡れた唇を扇情的に舐めながら、楽しそうに目を細めた。

「おシゴトがんばってのキス」

「……っバカッ！」

涼は玄関を飛び出した。ふい打ちすぎて激しく心臓が鳴っていた。からかわれているのだとわかっていても、熱くなった身体はすぐには冷めない。エレベーターに乗り込みながら、涼は必死で一哉から受けたいたずらの熱を追いやった。

昨日までの一哉なら、朝出勤する時にもベッドの中で熟睡していた。他人が出ていこうが何しようが基本的に気にしないタイプだと思っていた。まさかの見送りの衝撃に重ねてのダブルパンチだ。

「わ、遅刻！」

時計が目に入って、開いたエレベーターから走り始めた。地下鉄に乗り込み、頭の中で今日のタスクを反芻する。大手町で電車を降りると、また小走りで急いだ。

「おはようございます！」

始業のチャイムが鳴った。髪を束ねるのが精一杯で、メイクを整える間もなく、息を切らして飛び込んだ涼に、同僚たちが驚いたように顔を上げた。

「おはようございます。ぎりセーフっすね！」

「珍しいな、高梨が遅刻寸前って」

「大丈夫？　かなり走ってきたんじゃないの？」

　原田や同僚の笠井千夏（かさいちなつ）たちの声かけに、言葉を返す余裕もなく軽くうなずきながら涼は席についた。寝坊の理由を言えるわけがない。

　涼は弾む息を整えながらメールをチェックした。日課の矢上とのアイコンタクトも忘れて、自分の仕事に没頭していった。

第二章　沈黙する毒

1　一哉の心の中

一哉が帰ってこない。いつもなら二十一時には帰宅しているのに、時計の針は二十二時を回ろうとしていた。

涼は世間一般の経済と同じサイクルで働いている。一方で一哉はかなり自由だ。一緒に眠りについても、深夜ふと涼が目覚めると、一哉はキーボードのそばで作詞をしていたり、本を読んでいたりした。そのくせ涼が朝起きるとしっかりベッドに戻っている。

料理の用意をしながらもう一度時計を見た。今日は遅いのかもしれない。そこまで思って涼は、妻でも彼女でもないのに一哉を待っていることに自嘲した。

自分の部屋に戻らなくなってから、そろそろ一週間が経つ。一哉と過ごす時間が増えるほど、自然体でいることの心地よさに慣れて、自分がどんな立場で、どんな現実と向き合わなくてはならないのかを忘れてしまいそうだった。矢上とはミーティングルームで話して以来、多忙のあまり会社で言葉を交わす暇もなかった。

涼はレタス炒飯を作って以来、手料理を続けていた。一哉は美味しいと面と向かって言ってくれるわけではなかったが、残さずおいしそうに食べてくれる。矢上との食事は、たいてい評判のレストランだった。手料理をふるまう時は、奥さんと比べられるのが嫌で、やたら凝ったものを出していた。

今日の夕食は、一哉が好きだと言った鶏の唐揚げに、水菜のサラダ、ワカメと青野菜の酢の物。一哉のぶんをプレートに取り分けて冷蔵庫にしまっていると、玄関のドアが開く音がした。それと同時に聞き慣れない声が聞こえてきた。

「おいトーイ、おまえ、この女物の靴なんだよ⁉」

「るっせー」

「あ、それよりトイレ、トイレ借りんぞ」

「一哉、やっぱり帰ったほうがいいんじゃないか？　私たちは」

「別に……」

涼は今朝一哉が、リーダーが来るかもしれないと言っていたのを思い出して焦った。しかし、今はTシャツにショートパンツというラフな出で立ちだった。とても客を迎えるような格好ではない。

とはいえ、今さらどうすることもできず、涼は開き直ると冷蔵庫をのぞいた。ストックしていた食材で何かもてなすことはできそうだ。そこに一哉が「ただいま」と、顔を見せた。

「リーダーだけのつもりが、ドラマーの奴もついてきちゃって」

「おかえりなさい。私のほうこそごめん。あの、ご飯……」

一哉に言いかけたその後ろから、黒い長髪をハーフアップに結んだ男性が顔を出した。涼と同世代らしき大人びた雰囲気の男は、愛想よく笑みを浮かべて頭を下げた。

「こんばんは。すみません、夜分にお騒がせして」

「あ、いえ、こちらこそ」

礼儀正しい相手につられて涼もお辞儀を返した。黒のTシャツと柔らかそうなレザーパンツのシンプルな格好が細身のスタイルに合っている。

「バンドのリーダーやってます。瀬古司(せこつかさ)です」

「居候させてもらっている高梨涼です」

涼が頭を下げた時、冷蔵庫の中をのぞいていた一哉が顔を上げて涼を見た。

「ビール切らしてる？」

「買ってくるの忘れ……」

涼が言い終わらないうちに、甲高い(かんだか)指笛に遮られた。

「クールビューチー！　おい、なんだよ、トーイ‼　いつのまにだよ⁉」

　やけにハイテンションな声の男が、一哉に背後から飛びついた。

「トーイも隅に置けねえなあ！」

「うっわ、どけ、やめろ。重い！　重いっての」

　セントバーナードのようなつぶらな瞳を持った顔が涼のほうを見ると、歯を出して笑った。嫌がる一哉にじゃれつく身体は大きく、司よりも年長らしい。ショートモヒカンの刈り上げた短髪がさっぱりしていて、大ぶりのフープピアスが耳元で主張していた。

「ドラム担当の陣内さん。陣って呼んでます」司が涼に丁寧に紹介した。

「初めまして。高梨涼です」

「どうも陣内です。ふうん、おネーさんかあ。よろしく！」

　含み笑いを浮かべる陣に、涼が訝しげな表情を見せると、陣は笑顔になって涼の手を両手で握ってきた。涼もその勢いにのまれて握り返した。

「なに、どさくさ紛れに、がっちり握ってんだよ！」

　一哉がすかさず手刀で陣の手をはたき落とした。まるで目の前でコントを見ているような阿吽の呼吸だった。激しいライブをする人たちと思えないほど、気取りがない。

「お、料理！　手作り？」

「あの、よろしければ……」

「ゴチになります！　うっわ、うまそーだ！」

「ちょ、料理、オレの！」

さっそくと言わんばかりに唐揚げをつまんだ陣に、一哉がムッとした顔で皿を取り上げようとした。

「ふふん、俺がもらったんだ」

「涼の料理は、オレのって決まってんだよ！」

「ほーお、もう呼び捨てか」

「ち、ちがっ！」

涼は下の名前を一哉に呼び捨てにされていることに気づいたものの、じゃれあう様子に微笑んだ。

「一哉、陣、いい加減にしてくださいよ。ビール切らしてるみたいだから、二人でコンビニに買い出しに行ってきてもらえないですか」

「うぃーっす。トーイ、行くぞ」

「ええ？　陣だけでいいじゃん」

「いいから早く行ってきてください。ついでに適当につまみでもなんでも買ってきていいから」

司が長財布から万札一枚を出して陣に手渡した。それを一哉がひったくるようにして玄関のほうに走り出す。それを追いかける陣との様子は、無邪気な兄弟のじゃれ合いのような騒がしさだった。二人が玄関から出て行くと一気に室内が静まり返った。

「すみません、うるさくて」

「いえ、なんかびっくりしちゃって。あんな顔もするんですね、一哉くん」

「一哉をヴォーカルとして見いだしたのは陣なんですよ」

涼はおかずを大皿にまとめながら、さっきの様子を思い出して小さく笑った。そんな涼に司も穏やかに笑った。

「とても仲がいいんですね」

「もはや家族のようなものですから」

料理をまとめ終えた涼は、改めて今日の目的を聞いた。

「今日はスタジオ録りしている曲のことでちょっとした打ち合わせです。一哉の家が一番近いので、こうしてよく打ち合わせに使わせてもらってるんですよ。といっても、最後はお酒が入って話にならないですけどね」

「じゃあ、私、お邪魔じゃないですか？　必要ならホテルを取りますけど……」

リビングダイニング兼寝室以外の部屋が他にないせいで、同じ空間に部外者がいるのも気が引けて涼は申し出た。渋谷に近いぶん、ビジネスホテルには困らないだろう。泊まってそこから出勤してもいいと思った。

「いや、全然邪魔なんて。むしろこちらがこんな時間にお邪魔してすみません」

「あ、いえ。今朝、来ると聞いてた気がするのに、すっかり忘れちゃってて……」

涼が空けた皿を洗い始めると、司はキッチンの勝手がわかっているらしく、皿を棚に戻したり、鍋をしまってくれたり、手伝ってくれた。

「あ、すみません」

「いいえ、手料理をいただけるお礼です。そういや、この前の週末、ライブにいらっしゃってましたよね？」

ふいに予想外の方向に話を振られ、涼は言葉につまって司を見上げた。

「潰れてた……ですよね？」

静かに微笑している司が、軽く促すように首を傾げた。

「すみません。あの時は醜態をさらして。しかも、こんなお世話にまでなってしまって……」

「いえ、別に責めてるわけじゃないんですよ。ただ……ちょっと珍しくて」

「珍しい？」

「一哉です。とにかくモテるんです。若いからファンの女の子をつまみ食いすることも多くて。でも、この部屋に女性を連れてくることは絶対にしなかったから」

司の言葉に、涼は皿を洗う手を止めた。

「一哉にとって女性は基本的に一緒にいる生き物じゃないんです。だから、ここに来る途中であなたのことをそれとなく教えてもらった時は正直驚きました。自分のテリトリーに女性を入れるなんて初めてだったから、どんな方か楽しみにしてきたんです」

「そんなたいそうな者じゃ……」

「この前のライブ以来、ずいぶん真面目に家に帰るなと思っていたら、涼さんがいらっしゃったんですね」

涼は頬の温度が上がっていくのを気づかれないように、皿を洗う手に集中した。たしかに、この無機質な白を基調とした部屋に一哉がいる風景はとてもしっくりしていて、司の言う通りまさに〝一哉のテリトリー〟と呼ぶにふさわしく思えた。

「いい兆候で嬉しいですけどね、私たちにとっても一哉にとっても」

「いい兆候？」

「ええ。今はだいぶ落ち着いていますが、そうとう荒んでいましたから」

出会ってからのこの短い期間の一哉の様子と〝荒んでいた〟という言葉が、涼には結びつかなかった。さらに司に問いかけようとした時、玄関のほうが騒がしくなった。

「陣、買いすぎ」

「お前が食わなすぎんだ。男ならこんぐらいはフツーフツー。だいたいお前のそんな細っこい腕で、涼ちゃんを支えられると思ってんのか？」

「っせーな、気安くちゃんづけとかしてんな、エロジジイ」

じゃれ合いながら部屋に入ってきた一哉は、涼と司がキッチンに並んで立っているのを見て、一瞬、怪訝な表情を見せた。

「買ってきた」

ムスッとした口調でそう言うと、一哉は重そうな袋を無造作にキッチンの上に置いた。涼は、なぜ一哉が急に不機嫌になったのかわからず、司を見上げた。一哉が差し出したお釣りを受け取った司は苦笑いを浮かべていた。

「ちょうど食器も洗い終えたから、さっそく打ち合わせに入りましょう」

感謝の意を込めて軽く一哉の肩を叩いた司に、一哉はばつが悪そうにうなずいた。二人の間に見えない意思疎通でもあったのか、腑に落ちないながらも涼は首を傾げながらコンビニ袋から中身を取り出した。

その時、一哉がどこか遠慮ぎみに涼のTシャツを引っ張った。

「あのさ、先、風呂入って。タイミング的に入れるの打ち合わせ中しかないし」

唐突な話に涼は目を瞬かせた。男三人いる所でお風呂に入るのは、女性ならためらうのが普通だ。

「いーから」

「え、大丈夫だよ。朝でもいいし。今っていうのはちょっと……」

「とにかく入れっての」

困り気味の涼に一哉がじれったげな顔をした。場が膠着してしまった状況を見兼ねたのか、それまで様子を見ていた司が間に入った。

「すみません、女性にとっては入りやすい状況じゃないですよね。ただお酒が入り出したら陣に絡まれると思うので、後々だと都合悪くなるかもしれません。気になると思いますが、先に入っていただいたほうが……。私たちもなるべく涼さんの気に障らないようにします」

「俺、そんな酒癖悪くねーぞー」

聞いていた陣が横から不満そうに口を出した。それに対して、一哉と司がほぼ同時に振り返った。

「んなわけねーだろ！」

「そんなわけないでしょう！」

ハモった二人に思わず涼は笑い出した。一哉と司から同時に否定された陣はうなだれて小さくなっている。涼は腹をくくるとお風呂に足を向けた。打ち合わせでそばに部外者がいるのも、気兼ねして話したいことも話せないかもしれないと思ったせいもあった。

お風呂を済ませ、リビングに入っていくと、一哉の不機嫌な声が聞こえてきた。

「だからさ、もう一曲くらいわけないっつーの」

「今からは無理だ」

「まだ時間があるじゃん」

「トーイにはなんとかできても、他のメンツにゃ無理だ。本職をおろそかにするわけにいかねんだからよ」

揉めているというより、一哉が一方的に無理を言っているらしい雰囲気に、涼は足を忍ばせてキッチンに入った。まだお酒は入っていない。つまみを開封した様子もない。打ち合わせは真剣なのだと感心しながら水を飲んだ。

「バンドだっておろそかにできねーじゃん……」

「一哉。今のスケジュールでは無理ですよ」

司が一哉をなだめる。そんな司の努力を無視するかのように、陣が後に続く。

「なんで今日になって言い出すんだ？　あれか？　涼ちゃんにいいとこみせてーのか⁉」

急に自分の名前が出て、涼は飲んでいた水にむせて咳き込んだ。

三人がいっせいにキッチンのほうを振り返った。顔を上げた涼と一哉の視線が気まずく絡み合って、一哉が先にそらした。

「おお涼ちゃん、色っぺー！　水もしたたる、ってぇ！」

からかおうとした陣の声が途中から悲鳴に変わった。一哉が陣の脛（すね）を蹴り上げたのだ。

「エロジジイは黙ってろ」

でも、その場の空気は意外にも穏やかだった。司は何も言わずに二人の様子を静かに眺めているだけ。涼はふと、司と一哉がなんとなく似ていることに気がついた。もしかしたら血がつながっているのかもしれないと思った。

「涼さん、すみません。お酒とおつまみを持ってきていただいていいですか？」

司の頼みに、涼はお酒と料理をトレイに載せて、当然のように運び始めた。

「って、司、新曲の話は？」

「もう時間も遅いですから」

「は？　いつもなら……」

「涼さんもいるでしょう？」

「……っ！　……わーったよ」

一哉は涼の名前を出されて、反抗したくてもできない様子で不機嫌な表情を浮かべた。

リーダーの司には意外に素直な様子に、一哉の年相応な少年のような姿が垣間見えた。

涼は静かに微笑みながら、ラグの上に車座になっている三人の元に運んだ。一哉がそれとなくスペースを作って、涼の手からお酒と料理を受け取った。

「じゃあ、初めましての涼さんと、今後の一哉に期待して」

「は？　オレ？」

「乾杯！」

どこか含みのある言い方に、涼も一哉も首をかしげながら乾杯した。陣がさっそく興味津々といった様子で涼に話しかける。

「涼ちゃんって、あれだろ、あのライブん時の？」

「あ、あはは、その節はすみません。もう忘れてください……」

ビールをあおった陣のストレートな言葉に、涼はうなだれた。

「美人のＯＬさんがあれだけ潰れてりゃ、印象にも残るって」

陣が早くも三本目の缶ビールに手を伸ばした。どうやら三人の中では一番の酒豪らしい。家系的にお酒が強い涼ですら、ここまで早いペースで飲んだことはない。

「見ない顔だと思ってたんだけど、あん時、どうしちゃったの？」

「あ、いえ……実は、その。通りがかった時に……」

とても正直には言えなかった。かといってファンではない。失恋のことを伏せて、偶然だということを、涼は素直に白状した。

「え、マジ？」

それまで話を聞いているだけだった一哉が驚いて隣の涼を見た。

「ご、ごめんね。言う機会もなかったし……」

「涼さんが通りかかったのも、ドアが開いて一哉の歌が聴こえたのも、すべて偶然ってことですか？」

「それまで殲ロザのこと、これっぽっちも知らなかったのか？」

「せんろざ？」

「私たちのバンド、殲滅ロザリオって言うんです」

「殲滅ロザリオ。すみません、最近の曲とか疎くて……」

「なんも知らねーって……マジかよ……」

一哉は泣き出しそうな顔をしてうつむいた。なんだか悪いことをした気がして、慌てて涼は一哉のほうに向きなおった。

「でも一哉くんの歌、初めて聞いたけどすごくよかったよ。だから最後まで聞いてた。いつもならロックは素通りしてるもの」

弁解する涼に一哉が視線をよこした。その拗ねた色を浮かべた瞳に、さざ波のように涼の胸の奥がざわついた。

「へえ……じゃあ、どんなところが？」

一哉が意地悪げな声と目つきで問いかけた。

「その……こ、声がすごくセクシーで飢えている感じなのに、歌詞は切ないというか、寂しいというか……。と、とにかく興奮したの！」

ライブの時の気持ちよさを伝えるのは難しい。支離滅裂なことを口走って涼が困っていると陣が吹き出した。つられたように司も軽く笑い出した。

「そんな笑わないでくださいよ……」

涼自身も情けなさに苦笑していると、陣が不敵な笑みを浮かべて一哉を見た。涼もつられて隣をのぞき込んだ。一哉はわずかに赤い頬を隠すように涼から顔を背けた。

「嬉しそーじゃねーか、おい」

「は？　何言っちゃってんの、ジジイ」

一哉が過剰に反応して、おつまみのピーナッツを陣にぶつけ始めた。その仕草は逆に涼の恥ずかしさを煽った。この年齢で高校生カップルみたいな甘酸っぱさを感じて、微妙に居心地が悪い。涼もビールを口につけるスピードが速くなった。

「……で？」

陣は一哉の攻撃を受け止めながら、今度は涼にいやらしい笑みを向けた。

「はい？」

「トーイとはヤった？」

涼は思わず咳き込んだ。ビールが気管支に入りそうになって苦しく、涙がこぼれた。慌てて陣が謝りながら、近くのティッシュを差し出した。

「泣かせんな」

「いや、悪い悪い。申し訳ない」

一哉が陣を睨んで、涼の背中を軽く叩いた。

涼は陣に大丈夫と返しながら、顔の赤さを、胸を軽く叩く振りをしてごまかした。

「ほんっと、エロジジイ。マジでうぜーから」

涼の様子を誤解したのか、一哉が陣にかみついた。

「いやさ、トーイにしては珍しくお持ち帰……」

陣の言葉が終わらぬうちに、一哉が陣につかみかかった。

「ちょっと、一哉くん……！」

「放っておいてやってください。むしろ、すみません。陣さん、アルコール入るとうざいんで……聞き流してもらえれば」

司が申し訳なさそうに苦笑いした。

「こちらこそ……うまくかわせなくてすみません」

一哉のプロレス技に、陣が「ギブギブ」と悲鳴を上げた。

職場なら明らかにセクハラ発言だが、涼は不快には思わなかった。当然わかっていることをあえて聞いて、むしろ一哉が噛みついてくるのを楽しみにしているようだった。寝技をかけられながら、陣はやんちゃな弟を相手にするかのように嬉しそうだった。

「そうだ涼さん。明日のライブ、来てください。他のメンバーも紹介しますから」

二人を放ってお酒を飲んでいた司が思いついたように切り出した。

「ライブにはぜひ行きたいですけど、紹介なんて……。ファン歴も浅いんですよ？」

「関係ないですよ。一哉の歌を聴いてあげてください。きっと喜ぶから。わかりにくいですけど、あれでも彼なりに涼さんを見てますよ」

「そ、そうですかね……」

一哉は感情を見せるタイプではない。だからこそお世辞半分でも、司のような身近な人に言われると説得力が違った。

「なに、司までわけわかんねーこと言ってんの、変な話すんなっつーの」

陣をノックアウトした一哉は、今度は司を睨みつけた。

「わめかないでくださいよ」

司が注意すると、一哉はふてくされた顔でビールに口をつけた。

まるで家族のような空気が流れている。涼自身もすっぴんで、なんの遠慮もいらなかった。涼は久しぶりに身体の芯がほぐれていくのを感じた。


ラグの上で大きないびきをかいている陣を起こさないように、涼はそっと毛布を掛けた。時計は午前二時半を指している。たまらず大きなあくびを一つすると、エントランスまで司を見送った一哉が戻ってきた。

「陣内さん、本当にこのままでいいの？　ベッドに寝かせてあげなくて……」

「いつものことだし。つか、ごめん涼さん。巻き込んで」

「ううん、大丈夫だよ。楽しかったから」

素直にそう答えた涼はビールの空き缶や皿を流しに運んだ。そして、ほろ酔い気分も手伝って、鼻歌交じりに洗い物を始めた。

その様子を見ていた一哉は涼の背後に立つと、涼の首に腕を回して「涼さん……」と甘い声で囁いた。涼は一瞬お皿を落としそうになった。

「ど、どうしたの？　一哉くん」

肩口に顔を埋めて、一哉は何も言わない。

「一哉くん、いつもあんなに飲むの？」

返事はない。一哉の髪が首元をくすぐって、涼は高ぶる気持ちを抑えるので精一杯だった。

「あん時……壁に寄りかかってた涼さんが見えた」

「え？　あ、初めてのライブのとき？　ステージから客席って見えるものなの？」

小規模のライブハウスなら、ある程度ライティング次第で客席が見える。涼は泥酔して朦朧としていた顔を見られていたと知って、恥ずかしさのあまり息をついた。

「ほんとは……」身体に回された一哉の腕の力が強まった。「めちゃくちゃそそられた」

涼の血が沸騰しそうなほど、羞恥心と女としての歓喜が身体中を駆けめぐる。

それを悟られないように、涼は素知らぬふりで一哉の腕を優しく叩いてごまかした。

「一哉くん、だいぶ酔ってる?」

そう涼が言うと、一哉はさらに抱きしめる腕に力を込めた。まるで子どもがしがみついてきているみたいで、前にまわされた一哉の腕を愛しげに撫でた。

「てんでガキ……」

「一哉くん?」

「涼さん、オレ……」

一哉が息をつめた。涼の背中に密着した一哉の身体がこわばっている。心臓が刻む音が聞こえてきそうなほど緊張していて、それが伝染したように涼も知らず知らずに身体を固くしていた。

「ごめん……寝る。おやすみ」

慌てたように呟いて、一哉は腕を解くと、ベッドのほうにおぼつかない足取りで向かっていった。涼は一瞬、告白されるのかと思った。

一哉が離れた途端、全身の力が抜けそうになり、涼はキッチンに手をついて身体を支えた。一哉は酔っていたのだと自分に言い聞かせるものの、心臓の音が耳の奥でこだまするほど強く脈打った。鏡に映りこんだ顔は、お酒の火照り以上に赤く染まっていた。

2　元カノの影と素直な気持ち

狭いライブハウスの中は客で埋まっていた。この前と変わらず、熱狂的な音圧と気配で入り乱れていた。

涼は開演時間をわずかに過ぎて、殲滅ロザリオのライブに足を運んだ。バーカウンターでビールを受け取ると、壁際の空いているスペースに身体を滑り込ませた。ステージで歌う一哉の姿に視線を移した瞬間、肌が粟立った。

ステージには部屋にいる普段の一哉とは全く違う、怖いほどに美しく野性的な少年がいた。聴く者の魂を激しく鷲づかみして、そのまま強引に別の次元に持っていくような底知れない歌唱力だった。

どこか飢えたような色めいた歌声が、卑猥さをイメージさせる歌詞と調和している。トーイは流れる汗を拭うこともせず、殺意さえ感じさせる目つきでスタンディング席を睥睨した。それは涼の子宮に眠る女を揺り起こした。

陣は上半身の裸体をさらしながらドラムを全身で打ちつけ、司は身体を揺らしながらシンセサイザーに指を滑らせていた。陣も司も、涼が昨夜会った時の雰囲気とはまるで違った。

ギターとベースのプレイヤーははじめて見る顔だが、二人も上手なことだけははっききりとわかった。

涼はビールを飲みながら目を閉じた。彼らの音楽に自我が壊されて、一哉の声が身体の細胞一つひとつを満たしていくようだった。周りの客も圧倒的な熱量に浮かされているようだ。

アップビートの激しかった曲がやみ、それまでと調べの違う曲に変わった。

一哉はスポットライトを浴びて、マイクを両手で掴んだ。

「last days on your eyes　眠る世界の午後に with all your might, yeah……」

涼が目を開けると、ライトの中で一哉がスタンディング席に向かって手を伸ばしていた。それに呼応するように、客たちも手を伸ばしている。一体感のあるヴォーカルと客との間に激しいコールの応酬があって、やがてライトが落ちた。

ステージに照明がつくと、司がマイクを手にメンバー紹介を始めた。ベース、ドラムスの陣、ギターの順に紹介され、拍手とコールがわいた。

「そして、オンヴォーカル、トーイ！」

司がひと際声高く紹介し、一哉はペットボトルの水を持ったまま一礼した。そのまま水を飲み干しながらステージの裾に近い所へ下がろうとした。その時、一哉はふいに顔を上げて、涼がいる上座の壁のほうを見つめた。涼は一瞬、一哉と目が合った気がした。

そして一哉は急にステージの縁まで走り出すと、ざわめいた客席に向かって空になったペットボトルを思いっきり投げた。客は熱狂しながら、ペットボトルを奪い合った。

「あー気をつけてくださいね。そこ、大丈夫？　倒れてないですか？　トーイもどうした、急に」

ライブ客の盛り上がりをなだめながら、司が微笑んで一哉を見た。一哉は手を振ってなんでもないと意思表示しながら、ステージの暗がりのほうに去っていった。

「うちの生意気なヴォーカルはいきなりどうしたんでしょうね。嬉しそうに」

涼は、やたら頬が熱くなってうつむいた。


涼はライブハウスを後にする人の波を眺めながら、すぐには動けなかった。人の波と興奮が落ち着くのを待って、ようやく壁から身を起こした時、スタッフに呼び止められた。

「すみません、高梨さんですか？　瀬古さんが呼んでます。ついてきてもらえます？」

スタジャンの男がすばやく歩き出した。司の所なら一哉に会えるはずだと思って、涼は期待とともに関係者用の通用口をくぐった。薄暗い廊下は、どこかひんやりしてホコリっぽかった。やがてざわつく楽屋に誘導された。

「瀬古さん、呼んできましたよ」

「すみません、わざわざ」

乱れた髪を縛りなおしていた司がドアから顔を出した。涼の姿を認めると、優しい笑みを浮かべた。

「来てくれたんですね。ありがとうございます」

「こちらこそ。ライブ、カッコよかったです」

「いえいえ」

「でも、いるってよくわかりましたね」

「一哉が見つけたんですよ。あ、一哉にはナイショです。言ったのバレたら怒られる。まあ、とりあえず入ってください」

どこか弾んだ司の言葉に、涼は顔がにやけそうになった。薄暗い楽屋に入ると、むっとした熱気と整髪料と汗の匂いがこもっていて、陣が四肢をだらりと伸ばしてソファにふんぞり返っていた。

「あれー涼ちゃん。今朝ぶりだねー」

陣にお辞儀をして見渡すと、ギターとベースのメンバーの姿もあった。さすがにライブ直後は体力を消耗しているのか、それぞれがくつろいでいた。

場違いな気がして、涼は一哉の姿を探した。しかし楽屋内に彼の姿はなく、助けを求めて司を振り返ると、スーツ姿の人と話し込んでいた。

その時、涼は袖を強い力で引っ張られた。よろけそうになりながら振り向くと、タオルを首にかけた一哉が立っていた。濡れた髪と、もの憂げな表情が色っぽい。

「一哉くん」

「来るなら言えっつの。恥ずい」

タオルで頭を無造作に拭きながら、一哉は涼の腕を取ったまま楽屋の出口に向かって歩き出した。つかまれた腕が熱くなる。

「おいおい、来たばかりよ、涼ちゃん」

「うっせ、エロジジイ！」陣の言葉に、一哉が過剰に反応した。

「ったく、ケツの青いガキだな、てめーはよ！　涼ちゃんにセリたちを紹介してやれっつってんだ」

ライブの余韻でヒートアップしたままで、陣も言い方に容赦ない。

「そーそー、一哉の片想いの子が来るっちゅうからおめかししてきたんやで」

片想いというワードに一哉が反応した瞬間、陽気な関西弁とともに一哉の首に筋肉質な腕がまわされた。涼も動揺して視線を揺らした先に、陣の隣で手を軽やかに振る男性と目があった。

「やほー、君が酔い潰れてた涼ちゃん？」

お決まりの酔い潰れのワードに苦笑しながら、涼はクセのある猫っ毛を金色に染めた男性に会釈した。

そして、反抗する一哉を羽交い締めにしていた腕の持ち主がその肩口から顔を出した。

「お持ち帰られ専門のトーイがお持ち帰ったんやろ？　俺、ギター担当のアッシュ」

「エロエロ担当だからHって言われてる」

スキンヘッドにテクノっぽい黄色いメガネの男が、茶々を入れた陣を振り返った。

「そ、陣さんの言う通り、って何言わすんや。ほらー引かれてるやん」

関西出身らしいノリツッコミに、涼は思わず吹き出した。

「陣の隣は、ベースのセリ」

一哉が渋々、金髪の男を紹介した。

司が戻ってきてメンバーが揃うと、涼は殲滅ロザリオ全体のビジュアルのクオリティに驚いた。一哉だけでなく、他のメンバーもそれぞれカッコよかった。

「改めて、一哉が持ち帰った高梨涼さんです」

「ばっ、司！」

不意打ちに一哉が動揺して司に抗議し始めた。もはや何を言われようと泰然としていようとあきらめつつ、涼は司と一哉をよそに、初めて会う二人に頭を下げた。

「初めまして。高梨涼です。お疲れのところお邪魔してすみません。とてもカッコよかったです」

「うわー嬉しいなー、よろしくー」セリが楽しげに手を振った。

「さあ、そろそろ打ち上げでしょう？」

司が一哉をなだめながら、他のメンバーを促した。

「うぃーっす」

「涼さんも行きませんか？」

司の誘いに迷って、涼は助けを求めるように一哉に見た。

「……いーんじゃね」

今度は一哉がぶっきらぼうに顔を背けた。涼が困っていると、司がうなずいているのが見えた。

「ぜひ来てください。今日はスタッフも多いので、多少他の人が加わったところで気にしないですし、遠慮することないですよ」

「そーそ。トーイ初のあまずっぺー青春に少し協力したってくれや」

「せ、青春？」

涼がHの意味不明な言葉を聞き返そうとする前に、一哉がHに飛びかかった。

「H！　てっめ」

その瞬間ドアを見た一哉の動きが凍りついたように止まった。その視線の先には、ふわりとしたスカートに白いキャミソールとカーディガンスタイルの、かわいい女の子が戸惑い気味に立ち尽くしていた。

その雰囲気に、涼はあのバニラのような甘い香りの持ち主に違いないと直感した。

「綾花（あやか）……」

一哉がゆっくりとHから離れた。司と陣が顔を見合わせて肩をすくめた。楽屋に微妙な空気が流れる。

「ここには来んなって言っただろ」

一気に表情を曇らせた一哉が、イラ立ちを隠さずに低い声で呟いた。

「だって、電話しても出てくれないじゃない。メールしても返してくれないじゃない」

「っせーな。何しに来たんだよ」

「そんなの……っ！　そんなの決まってるじゃない‼」

涼の足が泣き出した女の子に向きかけたのを、Hが制止して頭を振った。

「もう嫌だって言ったの、アンタのほうだろ」

「だって他の女の子と遊ぶから……。本当に嫌いになんてなれるわけないのに！」

彼女が首を振った時にバニラの香りがほのかに漂った。

涼の胸の奥がきしんだ。目の前の女の子の気持ちがわかるからだ。ルックスのいいバンドのヴォーカルが彼氏なら、いろいろと辛い想いをしてきたに違いない。共感する一方で、自分がひどくうろたえていることにも気づいていた。

「いーから帰れよ」

「いや」

「帰れ」

「私……一哉くんが他の女の子といても我慢する。一哉くんの彼女になれないなら、それでもいい。そばにいたいの！」

その様子を見ていたHが涼を気遣うように「涼ちゃん、気にせんでええで。いつものことや」と、耳打ちした。

司たちはすでにスコアやリズムを確認する作業に戻っている。それが今までにもこういう場面が一度ならずあったことを示していた。

しかし、涼にとっては、彼女の姿が矢上にしがみついている自分と重なった。そして、言いようのない感情が身体の中を渦巻いていた。

「お願い！　話を聞いて一哉くん。私、一哉くんの彼女になりたいけど、無理なら我慢する」

我慢するという言葉が涼に重くのしかかる。しかし、そんな恋愛は誰も幸せになれないと思った。

「もう彼女面もしないしワガママも言わない。少し会ってくれるだけでいいから、だから……」

「いー加減にしてくれよ。オレはもう会いたくねーし、うぜーんだよ！」

一哉の吐き捨てるような激しい怒鳴り声が響いた。その瞬間、涼は右の手のひらで一哉の横面を張っていた。

「そんな言い方ない！　少しでも付き合ってたなら、そんな態度ってないじゃない!!」

涼には目の前の二人を放っておくことができなかった。どちらか一方が辛すぎる想いを抱えるのはとても苦しい。

「楽屋まで女の子を一人来させるなんて、あなたがきちんとしてないからそうなるんでしょう!?」

女の子が呆然とした様子で涼を見ている。一哉は軽く頭を振って、剣呑とした目で涼を見据えた。

「はあ!?　話はしたっつーの！　なんでアンタに口出されなきゃなんねーんだよ」

「自分が別れたつもりでも、伝わってなかったら意味がない！　どんなことだって、相手に伝わらない想いは結局一人よがりなんだよ。少しでも一哉くんに思いやりがあるなら、この子がどんな想いでここまで来たか、そのくらい汲み取ってあげなさいよ！」

「なんでそんなことまでしなきゃなんねーの？　どうせ女なんて、オレのこと単なるファッションアイテムくらいにしか思ってねーのに。オレ、物扱いされといて、そこまでしなきゃなんないわけ!?」

「そんなことわからないじゃない。自分でファッションアイテムだって思ってるから、相手をそうとしか見られないんだよ」

　我を取り戻した女の子が一哉に叫んだ。

「そうだよ、一哉くん！　私、私そんな風に思ったことなんてない‼　私、一哉くんが本当に好きだから」

「っせーな！　ほんっと、こーゆーのうっぜーんだよ」

　一哉が身近にあったイスを蹴り上げた。そして肩をすくめた涼と彼女を無視したまま楽屋を出ていった。

「一哉くん！」

　涼が呼びかけるよりも早く、女の子がその後を追っていった。

　取り残された涼は大きくため息をついた。冷静さを取り戻すにつれ、自分のことを棚に上げて、他人の修羅場に顔を突っ込んでいることに嫌悪感が押し寄せてきたからだ。

　司が労るように「涼さん」と、声をかけた。

「すみません、なんかつい……」

「いえ……。一哉のことだからあの子のことも適当にあしらってたんでしょう……。あいう風に言ってもらえてよかった」

「そうそう。来る者は拒まず、去る者は追わずだから、たまにはいいよ。うちらが言ったって馴れ合いすぎて聞きやしないもん。やっぱり年上の女性にガツンと言ってもらわなきゃ」

セリも涼をかばうように優しく微笑みながら言った。

「……すみません」

涼は綾花という女の子に自分を重ねていた。彼女のほうが金曜の夜に逃げ出した自分よりはるかにしっかりしていると思った。たまらなく惨めだった。

ものわかりのいいことを上から目線で言いながら、その実、自分こそしっかりしていない。しかも、平手打ちしたその裏に、嫉妬心がなかったとは言えなかった。

「涼さん、大丈夫ですか？」司が涼の肩をそっと叩いた。

「こじらせてすみません。ちょっとお手洗いに行ってきますね」

心配そうに見守る陣たちに、涼は軽く会釈して楽屋を出た。

綾花と一哉がヨリを戻せば、ショックを受けるのはわかっていた。目の前で一哉に釣り合う年齢の子が現れたことで、自分が彼女という存在を意識していたことに嫌でも気づかされた。歳の差を理由に、考えないようにしていただけだった。

抱きしめたら柔らかいマシュマロのような、そんな十代の愛らしさは、涼にはもはやまとえない。

偽善者面して、何を偉そうに怒っているのだろうと、涼は唇を噛み締めた。

ライブハウスのバックステージである廊下は薄暗く、コンクリートの打ちっぱなしだった。フライヤーやステッカーが乱雑に重なるように貼ってある様子はカオスそのものだ。

ふと気づくと、奥の非常階段から一哉の声が響いてきた。涼は人気のない建物の外につながった重い非常口の扉を開けた。卑しいマネだとわかっていても、その場を離れられなかった。

涼はそっと嘆息した。もう止められないほど一哉に恋していることを認めざるを得なかった。

「……もうどうしても無理なの？」

「正直よくわかんねーから……」

「それでもそばにいたい。一哉くんのそばにいたい。ずっと待ってるから……だから」

「この先、オレが綾花にしてあげられること、なんもない……。ごめん」

「一哉くん……」

「バンドのことでいっぱいだし、いろいろ考えたいことあるんだ。だから、終わりにしたい」

「どうしても、ダメ……なんだ……」

「ごめん」

「いいよもう。なんか、こんな時だけど一哉くん、ちゃんと私と話してくれた。それだけで十分かも」

「綾花」

「さっきの女の人の言葉……けっこう効いたんだね。いつもは、〝うん〟とか、〝ああ〟とかしか言わないから、あんな風に言い返す一哉くんにちょっとびっくりした」

「……ごめん」

「私……まだファンでいていい？」

「綾花がいいなら……」

「こうなったけど、殲ロザ、好きだから嬉しい」

「サンキュ」

「じゃ……バイバイ」

非常階段を駆け下りる音がして、涼が我に返った時には、目の前に驚いた顔をした綾花が立っていた。

「あ……お手洗いを探してて……。立ち聞きするつもりはなかったの。ごめんなさい」

男女の別れ話に聞き耳を立てていた自分にいたたまれず涼が謝ると、綾花は落ち着いた様子で乱れた髪を片手で払った。湿り気のある澱んだ空気が揺れて、甘いバニラの香りが一瞬漂った。

「いいのもう。どうせ一哉くんの言った通りの部分もあったし」

「なんのこと?」

「アイテムって話。別にそれだけじゃないけど、いいでしょ? あんなカッコよくて、バンドのヴォーカルなんて」

少しかったるそうに、綾花は唇を尖らせて肩をすくめた。

「アイテム……そんな、だってさっき」

「でも一哉くんだって変わんないよ。エッチしたいし、かわいい子が彼女だったら体面保てるし」

「遊び……ってこと?」

「そうじゃないけど。一哉くんだってすっごい女好きだし。ま、バンドマンにマジになってもちょっとねー」

さっきまでの雰囲気と違う綾花に、涼は目を見張った。

「でも、おねーさんにビンタされて、少しいい気味だった」

綾花は一息にそう言って少しうつむいた。一瞬髪に隠れた瞳が濡れていた。

「あんな顔するなんて、ちょっとおもしろかった。じゃあね」

うつむいたまま涼の脇をすり抜けた綾花はバニラの香りだけを残して走り去った。

涼は自分の行動が自己満足に過ぎなかったことに落ち込んで、非常階段を出ようと扉に手を掛けた。

「そこにいんだろ」

一哉の声が上から聞こえてきた。涼が気まずい思いで非常階段を上ると、ネオンに照らされた踊り場があった。そこで煙草を吸いながら、一哉が背中を欄干に寄りかからせて空を仰いでいた。細い指で煙草を弄ぶ（もてあそぶ）ような仕草はとても十八歳とは思えない。

「ごめんなさい……」

二人がどんな関係を築いてきたか知らない。ただ思い込みで突っ走って頬を叩いた涼には、謝る言葉以外、出てこなかった。

一哉は黙ってネオンに照らされたまま、涼の名前を呼んだ。その左頬はかすかに赤みを帯びていた。

「こっち」

一哉は涼を見下ろすと、煙草をもみ消した。一瞬身体を重ねている時の一哉の視線と重なって涼は動揺した。

「一哉くん、あの……頬、ごめんね」

「もういーから、こっち来てよ」

一哉は再び涼を呼んだ。涼がおとなしく踊り場まで上がると、一哉は涼の腰を抱き寄せて額を肩に乗せた。

「ごめんなさい……」

「黙って」

一哉がさらに涼の首筋に顔を埋めるように甘えた。こんな所で抱きしめられていることが気恥ずかしくて、涼が身体を離そうとすると、一哉がムッとしたように顔を上げた。

「……なんで？」

「いや、なんでって……」

涼が困惑した瞬間、背中がきしむほどの力強さで一哉に強く抱き寄せられた。

「ダ、ダメだよ、誰にもこんなことばかりしてちゃ……。誤解されちゃうよ？」

涼は一哉に悟らせるように背中を撫でた。

「……誰にもはしねーよ」

ぼそりと一哉が呟いた言葉に、涼は息が止まりそうになった。

「じゃあ、仲直りってことだね、一哉くん」

涼は動揺を押し隠すよう年上らしくおどけると、「ジューハチ、馬鹿にしてんの」と、一転、一哉が不機嫌そうに言ったかと思うと、涼の首筋に唇を押しつけた。

涼は焦りと恥ずかしさのあまり、慌てて身体を離そうとした。

「い、一哉くん。私、汗かいてるし、みんな待ってるし。ほら打ち上げ、ね？」

涼の声を無視して、一哉の唇が首筋をなぞった。唾液で濡れた舌先で舐められると声が震えそうになり、泣きたくなるほどの切なさが胸を締めつけた。

「ね、一哉、くん」

涼の唇に、一哉の熱を伝える唇が重なった。

「行くのやめる」

「え？ え？」

「涼さんとヤりたい」

甘く掠れた一哉の声が涼に囁いた。そして耳たぶを甘噛みされた。思わずあらぬ声が出て、涼の顔の温度が上がった。煙草の香りが唇を犯すように入り込んだ。

「ダ、ダメ。やめよ」

「さっき、本気で痛かったんだけど」

一哉はキスを涼のまぶたに落として囁いた。一瞬なんのことかと身体を離すと、一哉は辛そうに目を伏せて自分の頬を指差した。

「ご、ごめん……」

「完璧、部外者だったくせに」

「それは」

「慰謝料……の代わりに……」

一哉が意地悪く笑って再び涼の唇を塞いだ。そのまま一哉の熱い舌が滑り込んできて執拗に絡んだ。何度もキスを求められ、一哉の指が涼の内腿を愛撫する。

　息つぎをするように離れたキスの合間に、一哉が吐息とともに耳元で囁いた。

「涼さんちょーだい」

　極上の美酒に酔ったように涼はめまいを覚えた。今のような気持ちでこんな言葉を聞いてしまったら、抵抗はできない。一哉の熱が感染したように身体中が熱くなった。

「帰ろ」

　一哉は切なげに濡れた瞳で涼を見つめた。その瞳に、涼の心臓が大きくはねた。

　どうしようもなく一哉が欲しい。彼に抱かれたかった。

　一哉の腕の中で、涼はあきらめたように身体から力を抜いた。腕にかかった涼の重みに、一哉はとびきりの笑顔を見せた。

「涼さんはオレの」

　その言葉は年上の涼を一哉に縛りつけるのに十分だった。

3　溺れるように想いを重ねて

　押し寄せる波の心地よさに翻弄されて、いつのまにか涼は眠りに落ちていた。ふと目を覚ますと、時計は午前三時を指していた。

司に欠席の連絡を入れた一哉は、自宅までのタクシーの中で無言のまま涼の手を握っていた。もつれ合うように玄関に入った瞬間から、箍（たが）が外れたような勢いで一哉は涼を求め、涼もまた一哉を求めた。

ベッドの中で繰り返し涼の名前を呼んだ一哉が愛おしかった。我を忘れて一哉の愛撫に溺れたのも、ライブの余韻だけではなかった。

「うん……涼……」

涼の身体を抱きしめたまま寝ぼけて名前を呼ぶ一哉の声が心地よかった。深く眠りについている彼の顔をじっと見つめた。すっと通った鼻筋も、少し赤い唇も、陶器のようにきれいな頬も、美しい顎の輪郭も、今この時だけは全部涼だけのものだった。

何もかも忘れてこのまま時を止めてしまいたかった。そうでなければ、刹那的に身体を重ね続けて、どこまでも甘く溺れてしまいたかった。

涼はわき起こった感情に目を伏せながら、一哉の汗ばんだ胸に頬を寄せた。

「ん……涼、起きてんの……?」

一哉がうとうとした様子で涼の髪に顔を埋めた。

「ごめんね、ちょっと目が覚めて」

「明日、仕事は……?」

「土曜だからないよ」

「そ、オレもオフ……」

一哉の冷たい指先が涼の腰に触れた。涼の身体が冷たさとくすぐったさに反応した。その反応を楽しむかのように、一哉の指先は遊ぶように涼の腰のカーブのラインをなぞった。

「……一哉くんって、けっこー意地悪だよね……」

涼のため息に甘い吐息が混じった。

「こら、起きたなら目を開けて」

目を閉じている一哉の頬を引っ張った。涼の想いを知ってか知らずか、一哉が小さく笑みを浮かべながら目を開けた。獣の発情をそのまま欲情に置き替えた、吸い込まれそうなほどに深く黒い瞳だった。

涼がキスをねだると、一哉は額に、まぶたに、目尻に、頬に、何度もついばむようにキスを降らせた。窓からの月明かりで彩られたこの広い世界で二人きり。目の前の人をシンプルに好きという、忘れていた感情が堰を切った。

「一哉くん」

キスだけでは物足りなかった涼は、腕を伸ばして一哉を抱きしめた。一哉がゆるりと動いて、首から肩へ、肩から胸へと湿った唇を這わせるようにしながら毛布の中に潜り込む。こぼれそうな言葉を口の中で押しとどめながら、涼は一哉のしなやかな動きに集中した。

十八歳という年齢の、この自分を求めてくる少年が好きだ。

あふれた愛しさが涼の胸を締めつける。すり減っていた恋しい気持ちを自覚してしまうと、たまらなく柔らかな気持ちが身体をほどいていった。

「いち、や……」

涼はもはや恋する気持ちなど枯れ果てて、哀しみと鈍った神経だけが残っていると思っていた。でも、そうではなかった。

「涼、泣いてんの？」

いつのまにか目尻から涙があふれていた涼に、一哉が驚いた顔をして身体を起こした。

「ううん、少しね。嬉しいなと思って」

安心させるように首を振ると、一哉は涼の目尻から流れる涙をすすった。

「オレだって……今日来てくれてすげー嬉しかった」

「うん、カッコよかった」

「抑えらんなくて、ペット投げた」

「あれって私に？」

「ん。気づいてほしくて」

「ふふ、ちょっと遠かったけど……でも、そうかなって思った」

「いたのわかったし、めちゃくちゃ嬉しくて、なんか伝わってほしくて。ほんとガキみてーって思うけどさ」

「ううん、本当にすごく嬉しかったよ」

「……ね、涼」

掠れた声を耳元に落としながら、一哉は涼に覆いかぶさって身動きした。一哉の動きにすぐ反応する身体を見られないように、涼はその首に細い腕を巻きつけた。

「涼の部屋……横浜だっけ？」

絶妙に緩急をつけて動きながら、一哉が涼の耳元に気だるげに囁いた。

「ん。そ、だよ」

「こっからのほうが、会社に近い？」

返事の代わりに、涼は一哉の耳たぶにそっと舌を這わせた。

「ここに住んでよ」

涼はかすかにうめきながら囁かれた言葉に一哉を見上げた。思考が追いつかず、一拍置いて涼は「え？」と聞き返した。

「だから。……横浜の部屋やめて、ここ住んでよ」

「ここ？　この部屋？」

「他にどこがあんの」

「いや、そんな急に……。まだ、出会ってそんなに経ってないのに……」

「会ってから何日とかカンケーないっしょ」

「そ、それはそうだけど……」

首筋を一哉が舐めた。あられもない声が出て、涼の思考がストップしかけた。

「ま、待って。普通こんな時に聞く?」

身体をよじらせて一哉を引き離そうとすると、一哉はむきになって、涼の身体を自分の下にぐっと押さえ込んだ。

「イエスかノーかだけじゃん」拗ねた声に、涼は一哉を見つめた。

「ほん、き……?」

「やだ?」

一度決壊した気持ちに歯止めが利かないのは、涼自身が一番よくわかっていた。

「やなわけ、ないよ……」

呟いた言葉に一哉が嬉しそうに笑った。

「じゃ、決まり」

涼の返事に満足したのか、一哉は無邪気な笑顔を見せた後、涼の腰を強く抱き上げて真剣な瞳で動き始めた。涼は一哉の腰使いに霧散しそうな意識を必死でかき集めて、彼の腕をつかんだ。

「でも……」

「でも？」

「その前に、いろいろとやらなきゃ……いけないことがあるから……。ん……少し、時間、ちょうだい」

流されそうになるのを堪えて必死に言葉を紡ぐと、一哉は訝しげに動きを止めて涼を見下ろした。

「やらなきゃいけないことって？」

「……ちょっと、いろいろあって……」

大切にしたいものができて、失うものができる。涼は一哉に知られないように、矢上との思い出を手放そうと決意していた。

「何ソレ、言えねーこと？」

不満そうな一哉の頭を胸に抱き寄せた。

「涼？」

涼は慈しむような微笑を唇に浮かべた。

「私、一哉くんが好き。こんな時だけど、本当に」

一哉は顔を上げて、涼を熱っぽく見つめた。そして、涼に向かって深く腰を落とした。

涼は強く腰を抱かれて思わず吐息を漏らした。

一哉は動きを止めると、まるで迷子のような頼りなげな表情で言った。

「オレも涼が好き。マジで好き」

甘く掠れた一哉の声が涼の胸に落ちた。一瞬にして涼の中に、一哉という少年の存在がスパークして解き放たれたようだった。新しい光の中に進み出るように、一哉の名前を呼びながら、涼は歓びの涙をこぼした。

4 兆(きざ)した黒い染み

潮の匂いと風が広がりを感じさせる横浜独特の空気は、涼にとって小さな頃からなじんできたものだ。涼と一哉の二人は、涼の自宅を整理するために横浜を訪れていた。

「横浜でけー……」

「初めて？　来たことないの？」

「ライブん時ある。でもいつも車だし」

一哉は運河沿いのウッドデッキに立ち、空を仰いだ。周囲からは明らかに浮いている銀髪が風に揺れていた。道行く若い女性がときどき一哉に視線をよこした。

朝、改めてお互いに気持ちを確かめ合ったものの、涼は歳の差もあって、一哉と手をつなぐ勇気を持てなかった。

「涼んちは、こっからどんくらい？」

「バスで一〇分。歩くと三〇分強ってとこかな……」

「じゃあバス」

「即決だね？」

「さすがに昨日の夜はサカりすぎた」

一哉が意地悪に涼の目をのぞき込むと、涼の顔が途端に赤らんだ。

「……た、頼んでない」

「超絶健康優良男子」

「じゃあ歩いていく？」

「それとこれとは別。これから涼と気持ちいーことといっぱいしたいから、体力温存しとかないと」

銀色の髪を揺らして一哉がいたずらっ子のように笑った。

「や、何言って……」

「しゃーないじゃん。オレ、涼とヤんの好きだし」

「ちょっとやだ、変なこと言わないで」

慌てる涼に、一哉が楽しげに吹き出した。こんなささやかなやりとりの一つひとつが、今の涼にはとても新鮮に感じられた。

「あの、すみません。トーイですよね？　一緒に写真撮らせてもらえませんか？」

ふいに背中から声がして、涼と一哉は同時に振り返った。高校の制服を着た女の子がスマホを片手に一哉を見ていた。その後ろにも二人、同じ制服姿の女の子がいた。

涼が一哉を見ると、不機嫌そうに眉をしかめている。

「あの、私たち殲滅ロザリオのファンなんです。トーイですよね？」

殲滅ロザリオは渋谷や下北沢でのライブが多いとはいうが、横浜にもファンがいることに涼は単純に感心していた。

一哉が何か言いたげに涼を見た。

「一哉くん、殲滅ロザリオのためでもあるよ」

「……どこで撮んの？」

笑顔になった女子高生たちが一哉を海に通じる運河の前に案内した。涼は文句を言わずに従う一哉にほっとしながら、女子高生たちからスマホを受け取り、シャッターを切った。

「ありがとうございます！　またライブ楽しみにしてます‼」

一哉は無表情のままかすかに会釈した。立ち去りがたそうな三人をそのままにして、一哉が躊躇なく歩き出した。涼もお辞儀をして一哉の後を追った。彼の顔をのぞくと、かすかに拗ねた表情を浮かべていた。

「喜んでくれてたじゃない」

たしなめるように涼が言うと、一哉はそれには答えず手を差し出した。涼がためらうと、一哉はもう一度促すように手を差し出した。まだ遠くで女子高生たちがこちらを見ている。

「手つなぎたくねーの？」一哉が眉をひそめた。

「いや、そういうわけじゃ……」

一哉が一歩近づいて、涼の手を無理やりつかんで指を絡めた。

「行こう」

「あ、あの。まだあの子たち見てるし……」

「だから？　あのさ、オレ、ファンとフツー写真撮らねぇんだけど」

「えっ、そうだったの？　ごめん……」

涼は謝りながらも、普通の恋人のように手をつないでいるシチュエーションに嬉しさが込み上げていた。

「……なに、にやけてんの？」

「そ、そんなことないよ」

涼は意識して、普段の表情に戻そうとした。

「……っはは！　百面相みてー」

涼の様子に一哉が笑い出した。

「わ、笑わないでよ。こんな年上相手に手をつないでくれるから……」

涼はわざと顔をのぞき込もうとする一哉から身をよじった。顔の温度が上昇していることが自分でもわかった。

「なんで？　手をつなぐなんてフツーじゃん？」

「そうなんだけど……。なんかね、彼氏とはそういうの少なかったし……」

素直に気持ちを伝えると、一瞬、一哉が目を見開いた。

「なんだよそれ、手もつながないよーなお堅い男と付き合ってきたわけ？」

ドキリとした。矢上とは人目を避ける付き合いだった。だから、いつも周りには気を配っていた。

思わず黙り込んだ涼に、一哉は強く手を握って歩き出した。

「これからもっと激しーことすんのにー。涼、気絶すんじゃね？」

まるで服の下の身体を見定めるような色っぽい流し目に、涼は顔だけでなく身体も熱くなるのを感じた。

「だから！　一哉くんが言うとエロいの‼」

「あ、伝わってんじゃん」

「もーなんでこういうとこで言うの」

周りを気にして焦る涼に、一哉が笑いながら顔を耳元に寄せて囁いた。

「マジ、覚悟しといて」

涼は言葉が出なかった。

「ははっ、涼をからかうとおもしれー」

ゆでダコのように顔が真っ赤に染まったことが自分でもわかった。複雑な感情をもてあまして涙が少しにじんだ。それを見られたくなくて、涼は早足になった。

「わ、涼？」

軽く一哉を引っ張る形になり、自然とつないでいた手も離れた。

「え、涼？　ごめん。ちょっと」

慌てた一哉が涼の前にまわって、顔をのぞき込んだ。

「あ、なんで？　泣いてる？　ごめん、調子のりすぎた」

涼は素直に謝る一哉の目を拗ねるように見つめた。

「……年上、からかいすぎ」

「ごめん……」

「なんてね、嬉し涙だよ」

涼が軽く睨むようにして笑うと、真剣だった一哉の顔に安堵感が広がった。

「仕返しです」

「マジ焦る……」

うなだれた一哉の手を、今度は涼から取ってつないだ。こういうことを自然にしても、誰にもとがめられることはない。そう思うと、涼の気持ちは軽やかだった。


バスのつり革にぶらさがるようにして、一哉は物珍しげに周りを眺めた。その様子に涼はふと都心一等地とも呼べる場所に建つ一哉のマンションのことを思い出した。

「一哉くんの住んでるところ、家賃けっこうするでしょ?」

「知らね。もらったもんだから」

「えっ、一哉くん名義なの!?」

「成人したら」

「もらったって、あそこ一等地だよ!」

「あーまあ。生まれも育ちも渋谷ー」

司から一哉が最近まで荒んでいたという話を聞いたばかりだった。一哉の両親や兄弟、小中高時代はどうだったのか、涼は何一つ知らないと改めて思った。

「一哉くんって、お坊ちゃま?」

「えー、別に。むしろビンボー？」

ごまかされたのかと思って一哉の顔をうかがうと、そうした様子でもなかった。

「オレのこと、知りたい？」ふいに一哉が涼の目を見て首を傾げた。

「え？　あ、え」

「わっかりやす！　涼の部屋に着いたら教えてあげる」

バスを降り、二人で商店街を歩いていく。この五百メートル続く商店街を通った先に涼のマンションはあった。周りが住宅地のため、総菜屋も、魚屋も、ローカルなスーパーも、いつものように賑わっていた。たった一週間しか留守にしていないのに、そんないつもの光景が、涼にはどこかよそよそしく感じられた。

ふと涼は矢上といつも一緒に総菜を買いに歩いたことを思い出し、胸の奥がきしんだ。「新婚ですか」と、店員に微笑まれたこともあった。その時のくすぐったくて幸せな気持ちがよみがえり、悲しみが押し寄せた。

「涼？」

一哉が心配そうに立ち止まって、涼に向かって手を差し出した。

「ごめん、ちょっと考え事してた」

涼は軽く笑って一哉に駆け寄った。これからは、このしなやかな指を持つ一哉の手だけを見ていこう、そう涼は心に誓った。

商店街を通り抜けると、茶色の落ち着いたタイル張りのマンションが姿を現した。

「ちょっとホコリっぽくなってるかも」

「何階？」

涼は十階と答えながら、フラッシュバックしそうな記憶の海に放り出されそうで、必死に耐えていた。

エレベーターに乗りながら、部屋にどれだけ矢上の痕跡が残っているか、悪寒が走った。今更ながら一哉を連れてきたのはまずかったかもしれないと後悔し始めていた。

けれども、一哉の表情からは楽しみにしている気配がひしひしと伝わってくる。後戻りはできなかった。

「ね、少しここで待って。簡単に片づけてくるから」

「オレ、気にしねーけど」

「わ、私が気にする」

玄関の手前で一哉に待ってもらい、涼は部屋の中に飛び込んだ。窓を開け放ち、慌てて洗面所の二本目の歯ブラシとシェーバーを棚の奥にしまい込んだ。揃えたマグカップや箸は食器棚に、男物の下着とシャツはクローゼットの奥深くに押し込んだ。

くじけそうなほど、矢上の痕跡は多かった。焦りと緊張が涼の足を這い上ってきた。

ひと通り片づけ終わった後、再度部屋をまわって見落としがないかチェックし、覚悟を決めて玄関を開けた。

「遅すぎ」

「ご、ごめん。思ってたより散らかってて」

「うわ、物多すぎ……」

リビングに足を踏み入れるなり、一哉は絶句したように呟いた。

「あのね、一哉くんとこが少なすぎるの。テレビもないじゃない」

「スマホもＭａｃもあるし」

会社の原田の言葉を思い出した。テレビを見ない大学の後輩が多くて、話が合わないと愚痴をこぼしていた。そのくせ興味があることにはすごく詳しいのだという。涼は世代のギャップを感じずにはいられなかった。

「あっ！　観覧車が見える」

涼はコーヒーを淹れると、ベランダに張りついている一哉に差し出した。

「うん、コスモロック。知ってる?」

「前、Ｈがはしゃいでた気がする」

「ああいうの好きそうだもんね、Ｈさん」

「騒げりゃなんでもいーんだろ」

いつもコーヒーを淹れていた相手が今は違うことに、涼はかすかな違和感を覚えた。新鮮だけどどこか寂しく、一哉の後ろ姿がひどく遠くに感じられた。矢上との思い出が隙を狙って涼の肌にまとわりついてくるようだった。

一哉は部屋に戻ると、コーヒーカップをテーブルに置いた。

「なんか狭いもんだね」

「一哉くんとこが広すぎなんだよ。一般の賃貸はこんなもんです」

「そーかな。他のメンバーんとこも、ここより広いよ」

「……女の一人暮らしには十分なの」

一哉の反応に、涼は世代や環境の違いをまた感じた。もしかしたら、お互いの考え方もけっこう違うのかもしれないと思った。

そんな涼の不安を払拭するように、一哉が穏やかな表情で言った。

「オレ、来てよかった」

「そう?」

「うん。なんか新しい涼が見れたみたいで」

「そっか。そうだね」一哉の言葉に、涼は微笑んだ。「服とか、必要そうなの少し持ってっていいかな」

「そのつもりでついてきた」

一哉の銀髪が涼の頬にふれて唇が重なった。それを受け止めると、少しずつ涼の気持ちが落ち着いていった。矢上との思い出に満たされた部屋が、こうして一哉の思い出に塗り替えられていくことが心強かった。

涼がもう少しキスしてほしいとねだると、一哉は涼の腰を強く抱き寄せて、深くキスを落とした。身体を強く拘束されるようなキスに、一気に息が上がった。濃密に交わし合う乱れた吐息に、涼はこのまま抱かれたいと思った。

「する?」

一哉が涼の耳元で甘く囁いた。このままこの部屋で抱かれれば、涼の心は一哉でいっぱいになり、何も見えなくなるという予感がよぎった。涼が返事に迷っていると、一哉が焦れったげにワンピースの裾から手を入れて、太ももを撫ぜた。

「ね、ヤろ……」

一哉が涼の脚を持ち上げて、さっきよりも卑猥に内腿からふくらはぎへ、そして足首から先へと愛撫を深めた。涼が思わず脚を閉じようとすると、一哉が身体を割り込ませるようにして遮った。

「ダ、ダメだよ……」

「嘘つき」

これ以上許していると、一哉の火のついた欲情に流されそうだった。涼は自制心を利かせるようにして、脚を撫でている一哉の手を押さえた。

「ダメ、遅くなっちゃう」

「ええー!?」

不満たっぷりの一哉の頬に、涼はなだめるようにキスした。

「片づけを終わりにしてからにしよう?」

「なんで? 涼もその気だったじゃん」

「でもほら、後にいろいろやらなきゃならないことがあるから、集中できないかも、だし……」

苦し紛れの言い訳に、一哉が渋々離れた。素直に言うことを聞いてくれたことにホッとして、涼は乱れた服を整えた。

「……わーったよ。じゃ、やるかー」

「うん、でもその前にお腹空かない?」

「そーだなー。手っ取り早く食べに出よ。それで戻って荷物つめて、んで……」

一哉が目を細めて涼の身体を見た。明らかに意図を持ったその視線に、思わず涼の顔が真っ赤になった。

「もー一哉くん、エロすぎだから! なんなの、この十八歳は‼」

「場所変えてヤると燃えるじゃん。涼と気持ちいーことしたいしさー」

「そーいう恥ずかしいこと言わないで！」

一哉の手から空になったマグカップをもぎ取って、涼はキッチンに逃げ込んだ。一哉が後を追ってきて、甘えるように背中から腕を回し、頬や額に唇を押しつけた。

「だってオレ、めっちゃ涼のこと好きだし、好きな女を抱きたいって自然じゃねーの？」

少し拗ねた口調で〝好きな女〟と言葉にされて、涼の心臓が飛び跳ねた。矢上の気配が充満して落ち着かなかった部屋が、一哉の存在でいっぱいになっていくようだった。

今度、きちんと矢上に関係する物を処分しよう。涼はそう思いながら、一哉のほうに向きなおった。

「そうだね」

素直に口にすると、一哉が涼の腰を抱きながら、額と額を合わせた。一哉の甘えるような仕草がかわいくてくすぐったい。涼は一哉の鼻の頭に小鳥がついばむようなキスを贈った。

「私も一哉くんが好きだから、いっぱいしたいよ」

一哉がようやく嬉しそうに口の端を緩めた。

「さ、洗い物済ませちゃうね」

涼が一哉から離れて洗い物を始めると、一哉はまたベランダに戻って、しばらく景色を眺めていた。

きちんと矢上との関係を清算して、この部屋を引き払い、一哉と新しい時間を重ねていく――。

洗い物をしながら涼は、そう心に決めていた。

5　情という名の病

涼が持ち帰るものを選び出し、一哉がそれを手際よくトートバッグに詰めていった。

「一哉くんち、あまり料理できる環境じゃないよね」

「作らねーもん」

「ここの持っていきたいな」

「つったって、バッグもういっぱいじゃん。あっ……段ボールもらってくる?」

「え、運んでくれるの?」

「そんな何箱にもなりそうなわけ?」

「ううん」

「じゃあ、とりあえず持ってくもの決めといて。段ボール探してくる」

そう言うと一哉は立ち上がり、玄関へ向かった。

「コンビニなら商店街を少し行った右手にあるし、さっき通ったスーパーにもあるかもね」

涼は一哉の背中に向かって声をかけた。靴を履き終えた一哉は「ＯＫ！」と言うと、玄関のドアを開けて急に身体をのけぞらせ、驚いた声を上げた。

涼はその声に反応して玄関に駆け寄った。

「なに、どうし……」言葉が最後まで紡げなかった。

「ちょうどインターホンを鳴らすところだった」

矢上だった。地面が崩れ落ちていくようなショックに、涼の頭の中が真っ白になった。眉をひそめている一哉に、何と言えばいいのかわからない。

「連絡しようかと思ったんだけど、いるかなと」

涼は、週末に矢上が連絡なしでときどき遊びに来たことがあるのを思い出した。油断していたことを悔やみ、涼の心を絶望感が支配した。

「上がらせてもらえるか？　君も……」

矢上が一哉を促すのが気配でわかった。涼は追い返すという選択肢すら思いつかず、言われるがままに矢上を招き入れた。一哉の顔を見られなかった。

「オレ、帰るわ」

落ち着いた一哉の言葉に、涼は虚を突かれたように顔を上げた。一哉は感情を抑えた苦しげな表情で呟いた。

「……今日、帰ってきたら話して」

涼は立ち尽くしたまま、銀色の髪がエレベーターに消えるのを呆然と見送った。つながった糸が突然切れてしまうような不安に襲われた。

「い……一哉くん！」

涼は居ても立ってもいられず、玄関にある靴をつっかけて、一哉の後を追おうとした。その瞬間、矢上に腕を捕られて前につんのめった。

「離して」

「話がしたい」

涼の「追いたい」という言葉を遮るように、矢上が「頼む」と短く告げた。いつもは自信に満ちた姿しか見せない矢上の懇願するような声が、涼の足をその場に縫いつけた。

「弟……じゃないよな？　涼は一人っ子のはずだし。従兄弟でもなさそうだよな……」

矢上が初めて見せる弱々しい姿に、涼の胸の奥が揺れた。

「……俺の息子でもおかしくなさそうな子どもとどうにかなってるとか、まさか言わないよな？」

矢上につかまれたままの腕が痛い。

「……だ、だとしたら……なんだって言うの……」

涼の途切れ途切れの言葉に、矢上は信じられないというように乾いた笑い声を立てた。

「冗談はよせよ」

矢上の笑い声が癇に障って、涼は奥歯を噛み締めた。

「関係ないでしょ。それより話って？」

別れると決意したものの、突然の鉢合わせに涼には余裕がなかった。

「最近、少し様子がおかしいと思っていたんだ。連絡もないし……。終わりにするつもりはないって言ったよな？　涼も今まで通りでいいって」

「〝いい〟って……いいわけないでしょ！」

涼は自分でも思いがけず強い口調で返していた。抑えていた想いが堰を切ったようにあふれてくる。

「〝終わりにするつもりはない〟って、奥さんともでしょう？　この前の温泉旅行の時、離婚のために話を進めるって言ったじゃない。気持ちを翻（ひるがえ）すなら、どうして期待させたの？　それがなければ私だって……」

「あの時は、そのつもりだった。それは本当だ！　本気で別れるつもりだった。だから妻と話し合ってきたんだ」

涼は耳を塞いだ。何度「別れるつもりだ」と聞かされたか知れなかった。その上で奥さんと話し合っていると言われたら、未来を思い描いてしまうのは無理もないことだ。

　両想いになった時から三年、本当は一緒になれることを心のどこかで望んでいた。

「平気」と言葉にしながらも、醜いほどに奥さんになり代わりたいと願っていた。

「もう嫌なの。私、わかったもの。誰にも気兼ねなく自由に好きな場所を好きな人と歩けることがどんなに幸せかって……！」

　矢上が涼の両腕をつかんで、強く壁に押しつけた。涼は息がつまりそうになって、身をよじって逃れようとした。

「だからって、あんな子どもと……！」

　矢上の手を振りほどけず、涼は「離して！」と叫んだ。

「他の男になんて渡したくない……！」

　矢上の冷たい唇が無理やり重なった。

「……いやっ！」

　涼は激しく頭を振ってキスから逃れた。必死に突き飛ばそうとしたが、矢上が強い力で壁に押さえつけていた。

「どれだけ君を愛していると思ってる？」

　腹の底から絞り出された低い声に、涼の全身が硬直した。一哉の無邪気で色っぽい瞳が脳裏を掠めたものの、矢上に強く抱きしめられ、何も考えられなくなっていく。

「俺だって、こんなに……！」

悲痛な声色で矢上が再び涼の唇を貪るように重ねた。身動きを許さぬ強引さに、涼は唇を結んだ。それを矢上は無理にこじ開けるようにして舌を滑り込ませた。

絡んだ熱い舌は涼の身体から抵抗力を奪わせるには十分だった。矢上と過ごした日々がよみがえってきて、涼の目から涙があふれた。彼のキスに応えたがる自分がどこかにいた。

心は一哉を求め、身体はなじんだ男に応えようとしている。

「……っは……あ……」

繰り返されるキスの合間に、矢上が性急に涼のワンピースをたくし上げた。

「いや……」

拒絶の言葉はうわずっていて、それがかえって自分の弱さを露呈しているようで、涼の胸に嫌悪感が渦巻いた。別れる決意が、まるでガラスに亀裂が入ったかのように、いとも簡単に粉々になっていく。

矢上は涼の脚を持ち上げて身体を割り込ませた。壁を背にしてずり落ちながら、涼の身体をあきらめが支配していった。矢上のベルトの金属音が耳に届いて、ほどなくして冷たい指先が涼の肌をまさぐり始めた。

「頼むから……」

聞こえたのは、熱い吐息に紛れた矢上の慟哭だった。

カーテンが揺れる向こうは、月さえ浮かばない闇が支配していた。唯一、鮮やかに点灯していたコスモロックも今は消灯している。乱雑に波打ったシーツの上にうつぶせたまま呆然としている涼の背中を、矢上が優しく手のひらで撫ぜていた。

濡れた枕に顔を伏せていたものの、涼の涙はすでに乾いていた。交わっている間、何度も愛を囁かれ、その一方で離れないでくれと嘆願され、涼は疲れ切っていた。

矢上はベッドから立ち上がると窓辺に立った。その引き締まった男らしい身体が闇の中に浮かんだ。サイドテーブルに置いたウイスキーのグラスをあおり、無造作に髪をかき上げる姿は、大人の男の色気に満ちていた。

涼が上半身を起こすと、無理をさせられた身体が痛んだ。もはや一哉の存在が今は別世界に消えてしまったように思えた。

下着を身につけていると、矢上は涼に近づき、そのままブラのホックを止めるのを手伝った。

「このまま涼以外すべて放り出せたらな……」

鼓動を鎮めるように、涼はつかの間、目を閉じた。

「……何もかも放り出して私と逃げられる？」

涼は自分の口をついて出た言葉に驚いていた。矢上が苦渋の表情で逡巡していることが闇の中でもわかった。半ば無理とわかっていながら、涼は彼の返事を促すようにかすかに首を傾げた。

矢上がその視線を避けるように天井を仰いだ。

「……そうできるものならそうしたいさ……。涼と二人、外国にでも」

そう言って矢上は自嘲気味に笑った。そして、顔を伏せて呟いた。

「妻が妊娠してなければ……」

涼は唖然として矢上の顔を凝視した。どす黒く変色したかのような感情が一気に粟立った。

「今……なんて、言ったの……」

「妻が妊娠した。……まさかあいつが本気で子どもを欲しがっているとは思ってなかった。妊娠を知る前なら、どんな誹り(そし)を受けてもいい。何もかも放り出して逃げたさ」

矢上が背中から涼を抱きしめた。汗ばんでいたはずの彼の身体はすでに冷えきっていて、涼を身震いさせた。

「妊娠って……」

渦巻く怒りの激しさにおののいて、涼は矢上の身体から離れようとした。それを許さぬ強い力で、矢上がさらに強く抱きしめた。

「離婚の協議は順調に進んでたんだ。あの金曜に切り出されるまでは」

「……金、曜……」

フラッシュバックした衝撃が、今はその何倍にもなって涼を揺さぶった。息苦しさを覚えた涼は、矢上から逃れようとその胸を手で押しやった。

「もう……もういいじゃない。それなら終わりに……」

そこまで言いかけた涼の唇を乱暴に矢上が塞いだ。

「終わりになんてしない。できない。何度も言っている。俺が本気で好きな女は、これまでもこれからも、ただ一人、涼、お前だけだ」

「あなたは私にこれからも待ち続けろって言うの……?」

口の中を蹂躙(じゅうりん)するように矢上が舌を絡め取った。抗う涼の頬を両手で包み込んで固定し、潤んだその目を見据える。

「辛い思いをさせているのはわかってる。俺のエゴだということも。恨んでくれてもいい。狂っていると思われてもいい。それでも涼を失いたくない」

女の本能に楔(くさび)を打たれ、鎖でがんじがらめにされていくような絶望感が涼を支配した。

矢上は再び涼のブラジャーをはぎ取りながら、首筋に冷たい唇を這わせた。

「帰って……」

愛していると囁きながら自分のエゴだと開き直る矢上に、涼に初めて憎しみの感情が芽生えた。

「離して！」

「嫌だ、愛してる」

二人の間にあるのはもはや愛情ではなく、矢上の一方的な執着だった。彼にもその自覚はあるのだろう。だからこそ、ひどく哀しく空しい風が二人の間に吹いた。

「涼……愛してる」

まるで地獄から響くような偽りの言葉に、再び涼の目から涙があふれる。こんな膿んだ匂いを放つような関係を望んでいたわけではなかった。

「愛してる、涼」

千々に乱れる感情の中で、ベランダに佇んでいた一哉の姿が脳裏によぎった。その一方で、矢上と過ごした日々が嵐のように押し寄せてくる。

混乱する涼の身体を、矢上が再び愛撫し始めた。抵抗する気力も失い、流されていく中で、涼は全てを憎んだ。一哉に恋した自分さえも……。

いっそのこと狂ってしまいたいと思った。

第三章　雨に濡れた月

1　見失ったもの

渋谷の超高層マンションの重厚な扉は、やけに威圧するように立っていた。

結局、矢上が帰宅したのは日曜の午後遅い時間だった。土曜に帰るという一哉との約束を守れなかったことを激しく後悔しながらも、涼は「また」と、矢上を送り出した。どうしても矢上と別れ切ることができず、中途半端な気持ちでマンションに入った。仕事のバッグ一式を一哉の部屋に置いたままにしていたせいもあった。

一哉に呆れられて見捨てられても仕方ないと涼は思った。一哉に深入りする前に自分から去って、そうしてまた前と変わらない生活に戻ればいいと、何度となく田園都市線の電車の中で考えた。これ以上傷つきたくなかった。

涼は大きく深呼吸して、カードキーをかざした。開いたドアの向こうに、人の気配はなかった。部屋に足を踏み入れると、フローリングの上に白いスコアが乱雑に散らばっていた。荒んだ空気に涼は怯えた。

ベッドもなにもかもが、主を失ってほうけている。部屋はしんとしたまま、しらけた真っ白さだけが目立っていた。ベッドの向こうには、欠けた月が浮かんでいる。

涼はラグの上で転げて弾けるように笑った一哉の表情を思い出していた。あの瞬間から、等身大の一哉という少年との時間が動き出したのだ。二人なりのペースで、少しずつ距離を縮めていった。青空の下で一緒に食事をしたり、手をつないだり、そんな恋人なら普通のことすべてがとても愛おしかった。

そして、土曜日の出来事。別れ際の一哉の苦しそうな表情が頭によぎり、涼は吐き気に襲われた。慌ててキッチンの流しに駆け寄って身を乗り出し、胃の中身をぶちまけた。不倫の泥沼から抜け出せず、矢上に流された自分自身に吐き気がした。

時刻は夜八時。バッグを掴むと、涼はマンションを飛び出した。


公園にも下北沢のライブハウスにも一哉の姿はなかった。そして、最後のよすがである出会ったライブハウスの階段を下り、重い扉を開けた。陣がバーカウンターでマスターと仲良く話をしていた。

「あれ⁉　涼ちゃん、おつかれ。今日はライブないぞ？」

「あの、一哉くんがどこにいるか知りませんか？」

尋ねた涼のただならぬ雰囲気に、陣が真顔になって近寄った。

「トーイとなんかあった？」

「一哉くんに謝りたいんです。どうしても会いたいんです」

「謝りたいって……ちょっと待って、電話してみるからさ」

陣がスマホでどこかに電話をかけた。

「うん、わかった……。そういうこと。うん。じゃあそう伝えるわ」

涼が顔を上げると、陣がばつが悪そうに言った。

「トーイ、司んとこにいるみたいだけど……」

「瀬古さんの？」

「でも、ちょっと会うの無理だわ。かなり荒れてて手がつけられないみたいだから」

「……」

「俺と初めて出会った頃に戻ってるみたいだから。落ち着くまで涼ちゃんは会わないほうがいいと思う」

「出会った頃……陣内さんが一哉くんを見出したって言ってた……？」

「うん。あの頃の一哉はちょっとフツーじゃなかったから。司からなんか聞いた？」

「いえ、それ以上は特に……」

「じゃあ、あんまり俺の口からは言えないけど、あいつ、かなり複雑な家庭に育っててね。ガチガチの女性不信でさ。涼ちゃんに会ってから、かなりいい感じだったんだけど」

　一哉にとって、女性は基本的に一緒にいる生き物じゃない——。司の言葉が思い出された。

「顔、真っ青だけど大丈夫か？」

「は、はい。それよりあの、瀬古さんの連絡先を教えてもらえませんか？」

　涼は教えてもらった司の番号を、指を震わせながら押した。

　すぐに電話はつながった。スマホの向こうでは轟音に近い重低音がビートを刻んでいた。

「もしもし、高梨です。陣内さんにこちらの番号をうかがいました」

「あーちょっと待ってください」

　司は場所を移動したのだろう。音楽がぷつりとやんだ。

「すみません、うるさくて。どうしました？」

「あの、一哉くんがそちらにいると聞いて」

「ええ、います」

「陣内さんから荒れてるって聞いたんですけど、それ、きっと私のせいです。すみません、いろいろあって。一哉くんに謝りたいことがあって部屋に行ったんですけど、いなくて……。それで方々を探しまわって、やっと……」

あふれる言葉を整理できずに、涼は必死に言葉を重ねた。

「落ち着いてください。一哉が言わないので、何があったのか知りませんが、涼さん絡みかなとは思っていました」

「すみません……私……」

「一哉はろくに親から愛情を注がれてないせいか、ときどき感情の抑えが利かなくなるんですよ。普段は大人びているんですけどね」

司は一つ深いため息をつくと涼に尋ねた。

「涼さん、他に彼氏がいるんじゃないんですか？」

涼は司の言葉に思わず息をのんだ。

「す、すみません……」

「なんで謝るんです？　始まりが始まりだったわけですし、責めるつもりなんてないですよ。それに、キレイだし、仕事もできそうだし、いないほうがおかしいですよ」

「でも、一哉くんは……」

「ええ……。たぶんあの子は初めてなんです、恋愛そのものが。今までバカにしてた独占欲とか嫉妬心とかに直面して戸惑っているんでしょう。モテる子ですから特に恋愛なんてしなくても、性欲はいくらでも満たせる状況でしたし」

「……」

「いい機会ですよ。ただ、一つだけ聞いておきたいことがあるんです。今後涼さんは一哉とどうするつもりですか？　あの子は私たちにとって大事な存在なので」

核心をつく問いかけに、涼は一瞬言葉につまった。どうするのか、どうしたいのか、涼にもわからなかった。ただ、たしかに言えることが一つだけあった。

「私、一哉くんのことが好きです」

司が、スマホの向こうで大きく息を吐いた。

「よかった」

「でも、瀬古さんが思うほど穏やかな状況じゃないんです。あんな形で、一哉くんに弁解も説明もできないまま……」

「あんな形？」

「あ、その……」

「いえ、言わなくていいですよ。なんとなく想像がつきますし。それに、涼さんが一哉を選ばないとしても……もちろん選んでくれたほうが嬉しいですし、応援もしますが、なんにしても一哉にはいい薬です。これまでの自分の行為も反省するでしょう。いずれにしても、自分で向き合って乗り越えなくてはならない問題ですから」

「どちらにしても、今は会わないほうがいいでしょう。しばらく一哉をそっとしておいてもらえませんか。賢い子だから、そのうち気づくと思います。それにね……」

司は少し間を置くと、ほくそ笑むような声で話を続けた。

「一哉は乗り越える障害が大きいほど、飛躍的に成長するんです。人としても、ヴォーカルとしても。ある意味、底なしのモンスターと言うか……彼となら世界と勝負できる。初めて一哉に歌わせた時、そう確信したんです。セリも、Hも、そう考えています」

強い野心が見え隠れする司の素顔に、涼は言葉を失った。

「今は荒れていますが、信じてあげてください。一哉は自分の中の想いに絶対気づく。音楽をやってる人間ならば気づくはずです。そうしたら必ずあなたを求めますよ」

しばらく電話を挟んで沈黙が流れた。先に口を開いたのは涼だった。

「……初めて聞きました。なんだか……」

「なんだか？」

「瀬古さんは怖い人ですね」

涼は正直に感じたことを口にした。冷静に状況を分析して必要なことを判断している様子は、ただのバンドのリーダーとは思えなかった。

「よく言われます。普通に会社勤めしてたほうが稼げたんじゃないかって」

「瀬古さん……」

バンドのメンバーの胸の内を知っても、涼には彼らが嫌な人たちには思えなかった。むしろ正直に話してくれたのは爽快なほどで、だからこそ涼の覚悟も真剣に問われていることが伝わってきた。

「瀬古さん、一哉くんに少し落ち着いたらきちんと話がしたいと伝えてください」

「わかりました。そうそう、涼さんに言おうと思っていたんです。私のこと、司って呼んでください。陣内も、陣と呼んであげてください。そのほうが嬉しい」

二人の間の雰囲気が一気に和んだ。司の気遣いがありがたかった。

「わかりました。司さん、ありがとうございます」

話をしたことで涼はだいぶ冷静さを取り戻した。その間、陣は、長電話にもかかわらずグラスを傾けながら静かに待っていてくれた。

「すみません。お待たせして……」

「いや気にすんな。それより大丈夫か？　正直、トーイはガキだからな……」

電話の様子から状況を察したのだろう。陣が心配そうに涼を見た。

「いえ、私がしっかりしてなかったから。でも、きちんと謝って気持ちを伝えたいと思っています」

「そうか。……なんかわりぃな」

「え？」

「トーイと付き合うのは、いろいろ大変だってことよ」

「そんな」

「俺と出会った頃のあいつに比べりゃ、今はだいぶ落ち着いたんだ。まあ難しいやつだけど、それが可愛くてな……。見捨てないでくれたら嬉しいけど、男女の問題ばかりはそうも言ってらんねーからな」

「陣さん……」

「うん？　お、ついに涼ちゃんも、俺らに心開いてきてくれたかな」

　陣が大きな声で笑った。それにつられて涼も笑みをこぼすと、陣が励ますように涼の肩を叩いた。


　一哉が渋谷の部屋に帰ってこなくなってから、二週間が過ぎようとしていた。涼は今も一哉の部屋から職場に通っている。一哉は必要なものを取りに戻る時も、涼が仕事に出ている日中に部屋を訪れているようだった。

　涼が一哉の部屋をしばらく離れるのは簡単なことだった。でも、一度出て行ってしまったら、そのままつながりが切れてしまうような気がして、どうしてもできなかった。ちょうど涼自身も仕事が忙しく、待つ決心が揺らいでしまうことを恐れた。ただ、仕事が忙しいおかげで、矢上と会話する機会が少なくて済むのは幸いだった。

週末には、殲滅ロザリオのライブに通った。でも、いつも一哉は楽屋で顔を合わせる前に素早く姿を消していた。陣たちの気遣いも空しく、一哉はまるで涼に出会う前に戻ったかのごとくファンと遊び歩いていた。

この日もライブハウスは熱気にあふれていた。涼は音響ブースのフェンスのそばの定位置で一哉が歌う姿を見届けた。スポットライトの中で歌い切った一哉は切ない表情で天井を仰いだ。そしてかすかに頭を下げると、ステージの袖に足早に向かった。涼の目には、ステージそのものへの未練が薄れているように映った。

しかし、怒号のようなトーイコールが始まると一哉は再び姿を現し、二回のアンコールにきちんと応えた。拍手は鳴りやまず、司たちがステージから去って暗転すると、ようやく客が帰り出した。

涼もようやくフェンスにもたれかかっていた身体を起こした。楽屋に立ち寄る気力はなかった。なぜなら、音響ブースそばの涼の姿に一哉が気づかないはずはないのに、一度たりとも目を向けることすらなかったからだ。この日もまた、涼の胸の奥にさざ波のように失望感が広がった。

「あれ、高梨さんじゃないっすか？」

突然聞こえた耳慣れた声に涼は振り返った。驚いたことに原田だった。

「うわー、高梨さんの私服姿初めて見ました！　めっちゃキレイっす‼」

嬉しそうに駆け寄る原田の後ろで、友人らしき男二人がこちらを見ている。

「このバンドのファンの友人に連れてこられて初参戦です。高梨さんもファンだったんすか？」

「最近ね」

「なんかイメージ違いますね。こんな激しいの聞くなんて意外っす」

目の前でしっぽを振り始めそうな原田の様子に、少し気持ちがほぐれた。

「おーい、崇」

友人の声に、原田が振り返って手を挙げた。

「あ、わりぃ。な、この後飲みだよな？　会社の直属の上司なんだ、誘っていい？」

「構わねぇよ」

「高梨さん、一緒に飲みませんか。せっかく会えたし、俺、今すっげーこのバンドのこと語りたいっす！」

テンションが高い原田に涼の口から苦笑が漏れた。一人で一哉の部屋に帰るのは、気が重かった。

「どうですか、飲み。ダメっすか？」

「ううん、いいよ。逆にいいの？　友達と楽しんでるのに」

原田の後ろから顔をのぞかせた友人の一人が「崇、いや原田の仕事ぶりも知りたいし、ぜひぜひ」と、にこやかに誘った。

涼は歩きながらステージに目をやった。数人のスタッフが片づけをしている。今の涼はただのライブ客でしかなかった。近かったはずの世界が急に遠ざかって、ステージを見つめている自分が惨めに思えた。


ビールジョッキを片手に、原田たち三人は興奮していた。涼もまたアルコールの力もあって、少し元気を取り戻していた。一哉のことを除けば、純粋に濃密な時間だった。音が片時も離れないほど、殲滅ロザリオのライブは回を重ねるほど凄味を増していた。

「ヤスくんとヨシくん、だっけ？　ファン歴長いの？　私、最近聴くようになったばかりで、歴史とか結成の由来とか全然知らなくて」

涼の質問に、ソフトモヒカンのショートの茶髪、ヤスこと益坂泰貴（ますざかやすたか）が得意げに答える。

「俺とヨシはデビュー直後からのファン。もともとツカサやジンとかは別の人気バンドのメンバーだったんですよ。最初はそのときからの固定ファンが観にきていた感じかな。ツカサフリークのヨシなんかは、その頃からだよな」

「ツカサのことならほぼわかると思います。何でも聞いてください」

洒落た黒ぶちメガネを掛けたヨシこと遠藤良己（えんどうよしみ）が笑みを浮かべた。

ヤスが話を続けた。

「で、殲滅ロザリオが結成したのは去年なんですけど、最初ヴォーカルのトーイがなんつうか、投げやりっていうか、わがままっていうか、そんな感じで離れていくファンも多かったんですよ。なあ、ヨシ？」

「そう。でも、音楽かじったヤツならすぐわかりましたよ。トーイの声は天性のものだし、化けてくって」

「そうそう。実際、この一年足らずの台頭っぷりは半端なかったもんな。今日なんかもだいぶゾクったたっていうか。もうバラードとか悲痛で、哀しくて。何かあったんじゃないかって、オンラインとかでも騒がれてるし」

「あ、俺も思った。ちょっと泣けたし。カリスマ性がすごすぎっていうの？　それに最近じゃトーイが作詞作曲した曲も増えてるんですよ。前はたいてい作曲がツカサで、作詞がHだったんですけど」

　そう言ってヨシが料理に箸を延ばすと、それまで黙って聞いていた原田が口を挟んだ。

「Hってどの人？」

「メンバー紹介、聞いてなかったのかよ？　ギタリストだよ。音楽プロデューサーの顔も持つ超絶技巧で有名な関西人。で、ベースはセリ。セリはたとえば……アミルみたいな日本のアーティストとか、有名な海外ミュージシャンのバックバンドでもプレイしてるし、サウンドミックスもやってる。今みたいに忙しくなる前は、ＤＪもやってたんじゃなかったっけ」

　ヤスから知らない情報が出てきて、涼は感心しながら話に耳を傾けていた。

「ついでに、トーイとツカサは、たしか親戚なんだよな、ヨシ？」

「従兄弟だよ。顔のキレイさ、同系統でしょ」

　トーイの話になって、涼は反射的に身を乗り出した。

「あの、トーイを見出したのは陣、さんって聞いたんだけど？」

「高梨さん、知ってるじゃん。そ、ジンの家にツカサと一緒にトーイが遊びに来てて、トーイが嫌がるのを無視して、ジンが歌わせたんだってさ」

「ジンはそういう嗅覚が鋭いんですよ。実際はツカサがかなり説得したみたいですけど」

　ヤスとヨシから曲のコアな話やファンとのエピソード、殲滅ロザリオとトーイの話題が尽きずにわいて出た。

「ぶっちゃけ、トーイっていくつなわけ？」

　原田が何杯目かのジョッキを空けながら聞くと、ヨシが即答した。

「十八、驚異の」

「マジっすか……高校生？」

「いや、卒業してんじゃなかったっけ？」

ヤスがそう言うと、再びヨシが即答した。

「違いますよ。トーイ、高校中退してるんだ。けっこう荒れてたみたいですしね」

初めて聞いたプライベートな一哉の情報に、涼の瞳が戸惑うように揺れた。

「そういう情報もわかっちゃうもんなんだね」

涼が思わず呟くと、ヨシが人差し指をそっと口に当てるジェスチャーをした。

「あんま言っちゃダメな情報です。基本的に公にしてないみたいだから。ただトーイの場合、けっこう女遊びが激しいから、なんかふとした時に、そういう女の子たちから情報が漏れたりするんですよね」

涼の胸の奥に痛みが走った。聞きたくないと思っても原田が遠慮なく突っ込んだ。

「トーイの女遊びって、そんな有名なの？」

「まあ有名といえば有名かも。それ目当てで出待ちするバンギャも多いって聞きますし」

「ヨシの言う通り、俺の知り合いの知り合いが誘ったら、素直についてきたとか言ってた。来る者拒まずとか、あの年齢で三百人切りとかいろんな噂あるし」

「まあ、あの年齢ってそういうサカリだから。誰でもいい感じなんですよね。でも、あの悪癖がなければ、もっと歌もよくなる気がするんだけど……」

涼が女性であることを意識してか、ヨシが婉曲な表現で言葉にした。

「あんなキレイな顔してたらなー。高梨さんもトーイとかに言いよられたらふらついちゃいます?」

茶目っ気を出したヤスの言葉に、涼は動揺を隠して作り笑いを見せた。

「そ、そうだね……。すごく辛くなりそうで……私は微妙かなー……」

涼の頭の中を綾花のことがよぎった。半分本音だった。

「やっぱりさすが高梨さんっす! そう答えると思ってました‼」

原田の勢いに涼が苦笑すると、ヤスが原田を小突いた。涼はじゃれ合い始めた三人の様子を眺めながら、ぬるくなったビールを口に運んだ。

涼の目には、原田たちは一哉より幼く見えた。幼いといっても、大学を卒業したばかりの年相応の幼さだ。でも、一哉はいつも年上の仲間といるせいか、時折、大人顔向けの気遣いを見せていた。涼はたまらなく一哉に会いたくなった。

一哉は今この時も、女の子と過ごしているのだろうか。あのしなやかな腕で抱きしめて、あの繊細な指先で肌に触れて、あの潤んだ瞳で見つめて……。そう思うと涼の気持ちは急激に沈んでいった。

時刻は二十三時を過ぎていた。三人の会話のタイミングを見計らって、涼は声をかけた。

「原田くん、そろそろ私、帰るね」

「あ、すみません、そうっすよね」

「高梨さん、またライブ来ます？」

ヨシが首を傾げるようにして聞いた。涼は小さくうなずいた。せめて顔を見られるライブくらい、一哉の言葉に、声に、しぐさに浸っていたかった。

「うん、好きだから」

「じゃあ、アドレス交換しませんか？　今度一緒しましょうよ」

ヤスとヨシがスマホを取り出した。


あれから一カ月が経った。原田たちとは一度だけライブを共にした。でも、さすがに毎週通うのは涼だけで、いつもの定位置で一人観ていた。その間、何の進展もなく、涼も一哉の歌を聴くのがだんだん辛くなっていた。

今日も殲滅ロザリオのライブが終わって、ライブハウスからたくさんの客が出ていく。その流れに乗って涼も外に出た。司と時折連絡は取っているものの、彼らも今の一哉は手に負えないようだった。

涼が気落ちして駅に向かいかけた時、ふいに黄色い悲鳴が聞こえた。

「トーイだ！」

ライブハウスの正面、関係者出入り口から出てきたのは一哉だった。七、八メートルも離れていない場所に一哉がいる。しかし喜びにわきそうになったのは一瞬のことだった。華やかさをまとったきれいな女の子が一哉に腕を絡めていたからだ。

「あれ、彼女かな?」

「うっわ、やるなあ」

「やだーっ!」

悲喜こもごもの声が上がる中で、無表情の一哉は周りを気にする様子もなく、ラブホ街のほうへ歩き出そうとしていた。涼は愕然としたまま視線を外せず、気がつけば一歩踏み出していた。

一哉が涼に気づき、その足を止めた。二人の視線が交わった。しかし次の瞬間、一哉は顔を背けて、足早に澱んだ夜の街へと歩き出した。そのペースについていけずに、置いてかれそうになった女の子が慌てて一哉の背中を追った。

涼は、あの透き通った一哉の瞳が涼を映さず、知らない人を見るような冷徹な光を帯びていたことに、激しいショックを受けた。

涼は唇を噛んで踵を返すと、叫びたい気持ちを堪えて走り出した。人にぶつかっても息が苦しくても、駆けていないと大声で泣き出しそうだった。

一哉の部屋に駆けこんで玄関のドアを閉めた。靴を脱いでリビングに飛び込んだ涼の目の前には、殺風景な空間が広がっていた。香水の残り香も、煙草の匂いも、今はもうこの部屋から消えてしまっていた。
ふとクローゼットが開いていることに気づいた。今朝出た時にはきちんと閉まってい
た。それが開いているということは、昼間に一哉が帰ってきていたということだ。中を
見ると服が乱れていた。
涼は目の前にかかっている一哉のパーカーに触れた。下のコンビニに出掛けていく時
に、よくフードまでかぶって羽織っていたものだ。
晴れやかに一哉を好きだと誰にも言える恋だったはずなのに、それを自分から手放し
てしまったことに、涼は改めて後悔していた。失って初めてどれだけ一哉を好きになっ
ていたかを突きつけられ、堪え切れずに涙があふれた。クローゼットの前で一哉のパー
カーを抱きしめて泣き続けた。
涙も枯れ果てた頃、涼はゆっくり立ち上がった。クローゼットに仲良く並んでいた
自分の服を引っ張りだし、床に重ねていった。そして、近くのコンビニで段ボールをも
らい、仕事の書類とともにつめ込んだ。
仮住まいの荷物の少なさに寂しさが押し寄せてきて、たまらずベッドに潜り込んだ。
でも、そこにすらもう一哉の匂いは残っていなかった。本来は出会うことのなかった相
手だったのだと、涼は自分を納得させようとした。
許されない道でも矢上は涼を愛してくれている。強欲に自分を欲しいと言葉にする矢

上をいまだに振り切れていなかった。それでいて、いつもどこかで一哉を求めている。そんな自分に涼は心底幻滅していた。こんな自分が大嫌いだと思った。

2　声なき声

月曜の朝のミーティングを前に、誤って手帳を荷造りした段ボールの中に入れてしまったらしいことに気がついた。ちょうど日中、社用で渋谷の近くに行くついでがあったので、涼は一哉のマンションに立ち寄った。

時間を気にしながら急いで部屋に入ったところで、涼の脚が固まった。一哉がキーボードのそばでスコアを手にしていた。

涼の心臓が波打った。声をかけることも、顔を向けることもできなかった。涼はどうしていいかわからず、段ボールのそばにしゃがみ込んで機械的にガムテープを外した。何か話をしなくてはと焦る気持ちとは裏腹に、何を話していいのかわからなかった。

一哉はそんな涼を真っすぐ見ていた。その視線を感じて、涼の手が緊張で震えた。

「……出てくの?」部屋の中に一哉の声が響いた。「聞いてんだけど……」

淡々とした声に、涼は一哉の感情が読み取れなかった。それでも久しぶりに間近で聞く声がたまらなく愛しかった。

涼は決断が鈍りそうで、見つけた手帳を握りしめた。深呼吸を繰り返して自分を叱咤し、「出ていくわよ」と言おうと振り返ると、一哉の脚が近づいてくるのが見えた。あっと思った時には、容赦ない力で腕を引っ張り上げられていた。

「黙ってんのは卑怯だろ」

一哉のイラ立った声に涼の身がすくんだ。言葉が出てこなかった。

「出てくのかって聞いてんだろ」

いつまでもうつむいているわけにもいかず、涼は覚悟を決めて顔を上げた。次の瞬間、息をのんだ。一哉の顔が泣きそうに歪んでいたからだ。

「黙ってんじゃねーよ！」

一哉の強い感情に、涼の感情が揺さぶられた。

「だって一哉くん、帰ってこないし、ずっと無視していたじゃない。女の子とも仲良くやってるみたいだし」

「はあ⁉　アンタだって、ライブハウスでなんだよ？　いつだか男三人に囲まれてへらへらしてたじゃねーかよ。自分のこと棚に上げといてオレのこと責められんの？」

「男三人っていったって、会社の部下とその友達よ。一哉くんみたいにいやらしい関係とは違う‼」

「口だけじゃなんとでも言えるよな」

口の端を歪めて、冷たい視線を送る一哉に、涼も怒りがわいてきた。

「そうよね。どうせ本当のこと言ったところで信じられないんでしょ」

「決まってんだろ！」

「何が決まってるの？　初めから決めつけてくる相手と冷静に話なんてできるわけないじゃない！」

「なに、じゃあオレとは口もきけねーってわけ⁉」

「そんなこと言ってない！　話し合う気なんて本当はないんでしょ？　もうこれ以上振り回さないで」

「振り回してんのは、アンタだろ！」

「私がいつ⁉」

「なんだよ、オレばっか悪いとでも言うのかよ？　ざっけんな！」

一哉がそばにあった段ボールを蹴り上げた。つめていた洋服が辺りにぶちまけられた。

不毛な言い合いが情けなかった。

涼はいったん深呼吸すると、努めて冷静に話した。

「出会って一週間ちょっとの関係じゃない。お互い元に戻ったほうがいいと思うの」

「んだよ、それ！　勝手なこと、抜かしてんじゃねえよ‼」

一哉が怒鳴りながら、近くにあったスコアを涼に向かって投げつけた。そして、首をすくめた涼の腕を抵抗できないほどの激しい力でつかんで引っ張った。

「い、ったい、痛い！　一哉くん痛い！」

そのままベッドに突き飛ばされ、間髪入れずに一哉が馬乗りになった。

「おネーさんにとっちゃそうだよな、たかだか一週間だよな」

一哉が強引にスカートの下に手を入れた。何をしようとしているのか、敏感に察した涼は激しく身をよじらせた。

「やっ……やだ、やめて、一哉くん！　こんなの、一哉くんらしくない‼」

「っせーな！　オレらしいってなんだよ⁉　おネーさん、オレの何を知ってるわけ？　それこそ一週間かそこらで何がわかんの？」

悲鳴のような言葉とともに一哉が涼の唇を塞いだ。顔を背けようとしてものしかかられて、一切の自由が利かなかった。恐怖よりも扱われ方が哀しくて、涼の瞳から涙があふれた。その涙に、一瞬、一哉の腕の力が弱まった。

「こんなことしてもなんの解決にもなんないよ……」

涼の涙に一哉が目をそらした。そして、再び涼の手首を束ねる手に力がこもった。

「オレが……」苦悩に満ちた声だった。「オレが、どんだけ……」

暗い闇をのぞいたような瞳が涼の瞳と絡み合った。一哉の目の奥に哀しみが揺れているのを認めた途端、涼の身体から力が抜けた。〝女性不信〟という司の言葉が浮かんだ。

シーツに押しつけられた涼の手首は一哉の重みで感覚を失っていた。涼は、もてあました感情を発散させるように腰を動かす一哉の顔を見ることができなかった。好きな一哉が相手のはずなのに、ナイフで抉(えぐ)られるような痛みが走るだけだった。

「……くっそ……っ、イけね……っ」

一哉が小さく悪態をついて、涼の顔のそばのシーツに拳を打ちつけた。苦痛にうめくその顔は涙に濡れていた。涼を抱きながら、声もなく泣いていた。

それに気づいた涼は、自分の置かれている状況さえ忘れ、思わず口にした。

「泣いてるの……」

一哉が目を見開いて、一瞬戸惑った表情を浮かべた。そして、涼の身体の上から飛び退いて背を向けた。涼はそれ以上かける言葉が見つからなくて、毛布の下でシーツを握りしめた。

一哉はしばらくして全裸のままベッドから立ち上がった。無造作に散らかった二人の服を避(よ)けることもせず、奥のバスルームへと消えていった。

涼はきしむ身体を動かして、会社に早退の連絡を入れた。そして、そのまま部屋着を身につけると、ゆっくり服を拾い集めた。惨めで涙がこぼれそうだった。

一哉に投げつけられたスコアが目に入った。スコアは強く握りしめられ、しわくちゃになっていた。まるで今の一哉の気持ちみたいに思えて、そっと広げると、その歌詞に目が留まった。

〈お願い、オレのそばにいて
お願い、ぼくのそばにいて
闇に冒されたこの汚辱のセカイで会えた
血みどろのようなキセキ、信じさせて
お願い、それ以外は望まない〉

思わず他の丸められた紙も拾って、目を通した。

〈哀しみの果てに何があるんだろう
ぼくのそばに君がいない
なぜ切なさは尽きないんだろう
ぼくの手からすりぬけた君〉

叫ぶような一哉の願いだった。イラ立ちや混乱を伝えるように乱暴な線で消されている文字も多かった。

　涼はひどい扱いをされたにもかかわらず、一哉の心を占めているものを知った。自分に書かれた詞だと確信した瞬間、バスルームのほうに走っていた。

「一哉くん、聞いて」

　静まり返っているバスルームにノックして、涼は声をかけた。

「一哉くん、聞いてほしいの。きちんと謝りたい。ううん、謝らせて。話をさせて。私の気持ちを知ってほしいの」

　バスルームから返事はない。涼の胸の奥に不安が黒い染みのように広がった。

「……本当にお願い。もうダメ……？　私、一哉くんとダメになりたくない」

　水がしたたる音一つしない。曇りガラスの向こうには、浴槽に浸かっている一哉の頭の部分が見えた。あまりにも静かすぎて、涼は眉をひそめた。

「一哉くん？」嫌な予感がした。「……一哉くん、開けるよ？」

　涼がバスルームのドアを開けると、浴槽の中で苦しそうに息をついている一哉がいた。

「一哉くん!?」

　顔が真っ赤だった。慌てて湯気で湿ったバスルームに飛び込み、一哉の額に手を当てた。とても熱い。涼はバスタオルを取り出すと服が濡れるのもかまわず、一哉を浴槽から引き上げようとした。

「一哉くん、お願い、頑張って。私一人じゃ持ち上がんない」

涼の言葉に一哉が朦朧としながら身体を動かす。涼はバスタオルで一哉をくるみ、必死でベッドに運び上げた。身体についた水滴が体温を奪い、一哉は震えていた。涼は夢中で濡れた部分を拭い、一哉に毛布を掛けた。

部屋には薬や体温計など、そういった類の物は一切なかった。一哉は寒気が止まらずに、身体を縮こめるようにして歯を鳴らしていた。

「少し、もう少し頑張って！」

涼は財布をつかんで部屋を飛び出した。近くのドラッグストアで必要なものを買って部屋に戻っても、一哉の様子は相変わらずだった。買ってきた体温計で熱をはかると、三十九度を超えていた。時刻は十六時半を過ぎている。タクシーを呼ぶか救急車を呼ぶかと迷いながらスマホを手にして、ふと司のことを思い出した。

「もしもし、もしもし、司さん？」

ワンコールで司が出た。

「涼さん？　どうしたんです？」

「すみません、一哉くんが高熱を出して。彼のかかりつけの医者とか、保険証とか知りませんか？　私一人では病院にも運べないし、救急車を呼ぼうかと……」

「症状は？」

「四十度近い高熱と、息苦しそうです」

「どこか痛がってる様子は？」

涼が一哉を見ると、呼吸は荒いものの痛がっている様子はなかった。

「一哉くん、痛い所ある？」

念のため大きな声で聞くと、かすかに一哉は頭を横に振った。

「なさそうです」

「わかりました。とりあえず救急車は待ってください。すぐ向かいます。一哉の家ですよね？」

司の慣れた応対に、涼は落ち着きを取り戻して電話に向かってうなずいた。

「はい。すみません、お願いします」

「風邪だと思いますが、スポーツ飲料でも飲ませて、水分をしっかり補給させてあげてください。それから解熱作用のある市販薬があったら、とりあえず飲ませてください。そちらに着くのが三時間後くらいになると思いますが、大丈夫そうですか？」

ただの風邪なら、涼にも看護はできる。

「はい、大丈夫です。何かあったら連絡を入れます」

司が来るのを待ちながら、一哉の上半身を抱き起こし、スポーツ飲料と市販の風邪薬を飲ませた。すぐ横にして毛布を掛けるものの、震えが止まらない。何か温められるものを探したが見つからず、涼は嫌がられるのを覚悟の上で、ベッドに自分の身体を滑り込ませた。

「しばらく私で我慢して」

そう囁くように言って、涼は震えの止まらない一哉を抱きしめた。そして、子どもを安心させるように、その頭をそっと撫でた。


司に電話してからちょうど三時間が経った頃、涼はうっすら目を開けた。いつのまにかまどろんでしまっていたらしい。一哉の震えは止まっていて、汗をかいていた。少しホッとして離れようとすると、一哉が抱きつくようにしがみついていた。

まだ十八歳であることを思い出す。涼は一哉の腕をそっと外してベッドを下りた。熱を測ると、三十九度のままだった。濡らしたタオルを用意して、丁寧に汗を拭った。

一哉の荒い呼吸音を聞いていると、さっき目にした歌詞が思い出されていたたまれなかった。一哉が回復したら、自分の気持ちも矢上のこともありのまま伝えよう。そう涼は心に誓った。

それでうまくいかないなら、そのときは潔く一ファンとして応援するつもりだった。しばらくは辛くて見ていられないかもしれない。でも涼には、矢上との不倫に耐えてきたという自負がある。

一哉の額の冷却剤を取り替えていると、インターホンが鳴った。

「様子はどうですか？」司が歩きながら状態を聞いてきた。

「少しはよくなったようにも見えるんですけど、熱が下がらないんです。私、一哉くんのかかりつけの医者とか何もわからなくて」

「仕方ないですよ、そんなこと伝えるようなヤツじゃないですから」

司は苦笑して一哉のベッドに真っすぐ向かった。

「一哉、大丈夫か？」

心配そうに司が軽く肩を叩いて声をかけた。一哉が億劫そうに目を開けた。

「お前、無理しすぎだ」

司の言葉に、赤い顔のまま一哉が拗ねたような表情を見せた。少し意識がはっきりしてきたことにホッとして、涼はおかゆを作りにキッチンに向かった。

少しして、司がキッチンにやってきた。

「ただの風邪ですね。二、三日寝ていれば大丈夫でしょう」

「お医者さんみたいですね」

司の自信のある言い方に、涼が思わず漏らした。

「ああ、言ってませんでしたか。本業は医者なんです」

「えっ⁉」

「あ、これはオフレコで。まあ、最近はライブのほうが忙しいので開店休業というか、ほぼ同僚と母に任せきりですけどね」

涼の中で、司の普段の冷静な立ち居振る舞いの理由が腑に落ちた。

司は器を用意しながら聞いた。

「涼さんは……あれから一哉には会ってなかったんですよね？」

「はい。夜も一哉くんいなくて、ずっとすれ違いです。でも今日、たまたま日中に戻る用事があって……」

ふと昼間の激情にかられた一哉の行為を思い出してうつむいた。

「……男女のことに口を出すのもバカげているとは思うんですが、もうしばらくだけ一哉を見放さないでいてもらえませんか？」

「……」

司は、涼が刻んだ梅とワケギをおかゆに振りかけながら続けた。

「そこにあった段ボール、荷造りされたものでしょう？　出て行かれるのかなと」

司の心配を打ち消すように、涼は柔らかく微笑んだ。

「そのつもりだったんですけど、きちんと話してから決めます。今は心配ですし」

「ありがとうございます」

プレートにお粥とスプーンと水を載せ、ベッドに運んだ。

「一哉、少し食べられるか？」

　そう言いながら司は一哉の上半身を起こし、涼は一哉の口元にお粥を運んだ。一哉は熱で潤んだ瞳をさまよわせ、涼の顔を認めた途端、開きかけた口を閉じた。

「涼さんを避ける元気はあるみたいだな」

　冗談を口にしながら、交代した司がお粥を食べさせた。一哉は半分くらい食べたところで横になり、再び眠りに落ちていった。

「一哉くん、最近忙しかったんですか？　さっき無理して……と」

「ええ、そうですね……だいぶ……」

　紺青の空に月はまだ見えなかった。その空を司が見上げて、寂しげに笑った。

「自業自得なところもあるんですよ。ひたすらスタジオにこもって、寝られないと言ってずっと曲を作ってました。涼さんを前に言うのもなんですが、ライブ後の打ち上げにも参加せず、女の子を引っかけては二、三時間したらスタジオに戻るみたいな日が続いていて心配してたんです。でも、本人が話すらまともに聞かない有様でね」

　かすかに眉をしかめてうめく一哉を、司は優しく見つめた。その慈愛に満ちた瞳に、二人が親戚だということを涼は思い出した。

「そういえば、司さんは一哉くんと親戚なんですよね」

「ええ、そうです、従兄弟ですよ。一哉が小さな頃から見てきました」

司が静かな表情で涼を見た。涼もまた司を見つめた。涼には聞きたいことがあった。

「司さん、一哉くんが女性不信な理由、教えてもらえませんか？」

「そうですね……」

司は一哉に目をやり、少しためらった後、ゆっくり口を開いた。

「一哉は……私生児なんです。代議士とクラブのホステスとの不倫の末に生まれた……。もう亡くなりましたが、そのホステスの兄が私の父です。その女性とは子どもの頃に何度か会ったことがあります。ものすごく美しい方でしたよ。中絶を求められたのに強行して一哉を産んだと聞いています。その代議士と一緒になりたかったんだと思います」

涼の指先が震えた。無意識のうちに両手を握り合わせた。妊娠すれば、あの人を奪えるかもしれないという打算は、かつて涼の中にもあった。

「でも、相手が許さなかったようですね。破局後、ホステスの業界にもいられなくて、風俗に流れたとか……。代議士側にも非はありますが、それ以上に一哉の母親は、母親と呼べるような人間じゃなかった。ろくに食事も与えず、一哉はよく生きてこられたと思います」

司が拳を握りしめて、視線を足元に落とした。涼は言葉が出なかった。月のない湿った夜の空気が重くのしかかっていた。

「事情はわかりませんが、私の父が一哉を連れ帰った時、一哉は小学校にも通わせてもらえないまま七歳を迎えていました。やせ細ってギラギラした目をしていて、初めは家にある食べ物を、人目がない時に盗み食いするような子でした。私の両親は小児科の開業医をしていて忙しく、実質私が世話していたようなものでした」

一哉はうなされているのか、不意にうめき声を漏らした。

「一哉、大丈夫か？」

司が優しく声をかける。その様子からも血を分けた以上のつながりであることが、涼にもわかった。

司は一哉の汗を拭いながら話を続けた。

「実の父親は一哉のことを認知していません。ただある時、私の父に秘書らしき人を通じて接触があったようです。引き取る話も出たみたいですが、結局、このマンションを養育費代わりとして、今後一切かかわらないということで話が落ち着いたようです」

これがまだ十八歳の一哉が、分不相応な高級分譲マンションを所有している理由だった。実の母親に愛情を注がれず、渇いた心をもてあましていた少年がそこにはいた。

「だから一哉にとって、女性は母親への復讐の身代わりなんです。女性だけでなく、人をそうとしか見られない……。生い立ちを考えれば、それも仕方ないと思っていました」

そこまで話すと、司は大きく息を吐き出した。外では雨が降り出していた。静まり返った部屋に、雨音だけが響いた。

一哉が規則正しい寝息を立て始めると、司が涼の瞳を真っすぐに見つめた。

「でも、あなたに対しては違う。一哉をずっと見てきたからわかります。あの日、一哉はライブが終わった後、潰れかけていたあなたをしきりに気にしていた。女性を人として見られない一哉が初めて女性を気にかけていることに、私は、いや私だけでなく陣も、期待したんです。もしかしたら変わるきっかけがつかめるかもしれない、と」

司の頬を一筋の涙が伝った。涼には、それはまるで一哉の涙のように思えた。

「涼さん、すみません。あの子を、一哉を見放さないでやってください。お願いします」

司は流れた涙をすばやく拭って、涼に頭を下げた。その言葉に涼は何も答えることができなかった。ただ、無言で一哉を見つめた。

十八年という短い人生にもかかわらず、一哉は過酷な現実を背負って生きてきたのだ。

3 降りやまない雨の後で

時計は午前二時、雨はまだ降りやまない。徐々に寝静まろうとしている都会の空気が、この高層階にも伝わってくるようだった。

司が帰り、一哉が眠る部屋に取り残されたまま、涼はしばらく椅子に座って窓の外を眺めていた。
キーボードの上に重ねたスコアには、窓を伝う雨の影が黒い蛇のようにのたうっている。

〈会いたい、ただ君だけ
絶望にしか愛されない
この救いのない心を〉

なぐりつけるように走り書きされた歌詞が見えた。

〈唇で刻んだ肌の徴（しるし）
遠く近く君の名 繰り返す
僕の永遠 モノクロ世界
ただ、そこだけ咲いた
血のような名もなき花〉

もたらされた事実はどこまでも重く、涼の身体はこわばったままだった。一哉に告白しようと思っていたことすら、宙に浮いてしまった。不倫の結果として不幸な幼少期を過ごした相手を前に不倫していたなど、口が裂けても言えなそうにない。

一哉のうめき声が聞こえて、涼はベッドに歩み寄った。タオルを濡らし直し、汗を優しく拭った。

一哉は夢を見ているのか、苦しそうに身悶えした。

「一哉くん、大丈夫？」

涼が声をかけても起きない。閉じた目を縁取る長いまつげがわずかに震えていた。

「あ……や……やめ、て」

「一哉くん、どうしたの？　何かしてほしいの？」

涼は一哉の口元に耳を寄せて聞き取ろうとした。一哉の息づかいが荒くなっていた。

「やめ、て。か……さん、おねが……」

涼の背中に寒気が走った。恐怖に怯えた一哉の声に、司から聞いた過去が重なった。

「一哉くん、大丈夫？　一哉くん」

「や、いや、だ。か、さん。たす……」

「一哉くん、お願い、起きて。ね、大丈夫だから起きて」

一哉の肩を揺すって、呼びかけた。

「あ、やめ、いやだ……いやだ！」

泣き叫ぶような声が発せられた後、一哉がパッと目を開いた。その目はしばらく天井をさまよった後、涼に向けられた。しかし、明らかに焦点が定まっておらず、一哉の意識がまだ夢の世界にいることが、涼にもわかった。

「う、わ……やめて、よ。母さん、頼むからやめてくれよ！」

「違う、違うよ、一哉くん。お母さんじゃない、お母さんはここにはいないよ」

涼は怯えた表情の一哉の肩をつかんで揺り動かした。抵抗しようとして弱々しくもがく一哉の目尻から、感情があふれ出したかのように涙がこぼれて枕を濡らした。

「一哉くん、違う。私、涼だよ。高梨涼だよ」

一哉の顔が一瞬表情をなくし、泳いでいた視線がゆっくりと涼を捉えるのがわかった。

「りょ、う。りょう……」

「そう、高梨涼。お母さんじゃない」

その瞬間、一哉が顔を歪め、腕で顔を覆って声を上げて泣き始めた。虚をつかれた涼は言葉を失った。子どものように泣きじゃくる姿は十八歳よりも幼く、一哉が抑え込んできた十八年ぶんの想いが一気に解き放たれているかのようだった。

「涼、涼、そばに、涼……」

一哉は涙を拭いもせずに腕を伸ばして、何度も涼の名前を呼んだ。涼が伸ばされた手を握ると、一哉が大きく深呼吸して、落ち着こうと努力しているのがわかった。

「私、いるよ。ここにいるから、一哉くん」

それでも、一哉の身体は意志とは無関係に、怯えたように震えていた。

「な、なん、で、とまんね……」

「大丈夫だよ、一哉くん。そばにいるから」

涼は何度も「大丈夫」と繰り返し、一哉の手を強く握りしめた。

一哉の震えは少しずつ収まり、やがて大きく息をついた。きつく目を閉じて苦しそうな表情を見せる一哉の頭を、涼はもう一方の手で、子どもをあやすように優しく撫でた。

「はなれ……いで……。涼……オレの……そば………て。りょう、す……」

一哉は何かを口にすると、和らいだ顔つきで、再び引きずりこまれるように眠りに落ちた。涼にはよく聞き取れなかったが、握った手を放さないその姿から、一哉が何を望んでいるのか理解した。

気がつけば、涼の頬を涙が伝っていた。なぜ泣いているのか、自分でもわからなかった。ただ一哉が愛おしくて、その柔らかな銀色の髪にそっと口づけた。

雨は、まだ降り続いていた。

翌朝、涼は会社に欠勤の連絡をして、一哉のベッドのそばに戻った。一哉は昨日よりはだいぶ落ち着いているようで、静かな寝息を立てていた。髪をそっと撫でると、柔らかな髪が指の間をこぼれ落ちた。

涼はベッドに寄りかかり、ラグの上でノートパソコンを開いた。会社の仕事に支障をきたさないよう、外部メールを使いながらできるタスクをこなした。

紅茶のカップを手にした時、スマホがメールの着信を知らせた。矢上からだった。

〔大丈夫か？　帰りに様子を見に寄ろうと思うが〕

涼は返信メールを打ちかけてやめた。横浜の自宅に来て留守がバレても、もうかまわない。一哉のことだけを考えていたかった。

手にしていたスマホを置くと、背後で起き上がる気配がした。涼が振り返ると、一哉が目を見開いた。

「……なん、で」

「一哉くん、身体の調子はどう？」

一哉の訝しげな視線から、一哉が熱を出す前の状態に戻っていることがわかった。涼は努めて普段通りの振る舞いでキッチンへと立った。

「お粥作ってあるから、少し口にする？　司さんがなるべく食べるようにって言ってたよ」

お粥を手にベッドのほうを振り返ると、一哉が服を着替えていた。そして、ふらつく身体で玄関に向かおうとしていた。

「そんな状態でどこ行くつもりなの？」

強情な一哉の態度に、涼はお粥を置くと、玄関に向かうその腕をつかんだ。

「……なせよ」

「おとなしく寝てて。四十度近い熱があったのよ」

「放っとけっての！」

腕を振り切ろうとした一哉が自分の勢いで壁側にふらついた。

「放っとけるわけないじゃない！」涼は一哉の腕をつかみなおした。

「……っせーな！　かまうなってんだよ‼」

次の瞬間、涼は右手で一哉の頬をはたいていた。パンッ！　という乾いた音が大きく響いた。

「自分の身体の管理もできない子どもが意地張るんじゃないわよ」

低く呟いた涼に、一哉がふてくされた顔でその場に座り込んだ。

「……病人に手、あげるかよフツー」

それまでの力が抜けたかのように、一哉が文句を言う。涼は一哉と同じ目線までしゃがみ、顔をのぞき込んだ。

「お願いだからベッドに戻って。お粥、少しでも食べて。……もっと自分をいたわって、お願い。せめて司さんたちのために。みんな、すごく心配してる」

　一哉はうつむいたままで、涼の顔を見ようとしない。

「一哉くんの歌、みんな楽しみにしてるんだよ。みんな大好きなんだよ」

　涼がそう言うと、ようやく一哉は立ち上がろうとして、壁に手をついた。涼はその手を強引につかみ、一哉の脇に肩を入れて抱えた。一哉は一瞬こわばった表情を見せたが、あきらめたように涼に身体を預けた。

　ベッドまで連れていき、お粥を手に戻ってくると、一哉は天井を見つめていた。

「お粥、自分で食べられる?」

　れんげにすくって差し出すと、上半身を起こした一哉が黙って受け取った。

「食べたら薬ね」

　ゆっくりと口にお粥を運ぶ一哉を見つめた。どうやら全部食べ切れそうだった。

「……ごちそうさま」

　少し居心地悪そうに一哉が空になったお椀を差し出した。それと引き換えに薬と水を渡した。一哉のために何かしてあげられることが、涼には嬉しかった。

　洗い物を済ませてキッチンから戻ると、一哉は変わらず、無表情のまま天井を見つめていた。涼は黙って、ラグの上のノートパソコンを開いた。

「……もう関係ねーくせに……」

一哉が呟くのが聞こえた。でも、涼は熱で浮かされた時にすがってきた一哉の姿を信じたかった。一哉が素直になれないならなおのこと、自分だけでも気持ちに正直でいたかった。

「一哉くんが元気になって、きちんと司さんたちと話もできて、打ち上げにも出て、それで……」涼は一呼吸置いて言った。

「それで、一哉くんから出てけってはっきり言われるまで関係なくないよ」

「……っ、空気、読めよ……！」

「読まない。一哉くんが出てけって言うなら出ていく。顔も見たくないって言われるまでいるって決めたの」

空気を読むのは楽なことだった。でも、それでは前に進めない。それが、涼が矢上との付き合いから学んだ唯一のことだった。

「な、なんだよそれ？　男いんだろ⁉」

一哉は勢いよく身体を起こすと、怒りを含んだ目で涼を睨んだ。

「ほら、答えられねーじゃん！　本命キープで、年下のガキからかっておもしろかった？　若くてさ、キレイな顔の男に言いよられて、火遊びでもしたくなった？」

「……自分で言ってて、情けなくならないの？」

返事に窮した一哉が涼の腕をつかんだ。涼は痛みが走るのを堪えて、静かに見返した。

「殴りたければ殴っていいよ、それで気が済むなら。私、それだけのことをしたと思ってるから」

覚悟を決めた涼の言葉に、一哉が身体を突き放すようにして離れた。

「身体に障るからいい加減、寝て」

「寝られるわけねーだろ……！」

一哉は乱暴に毛布を頭の上まで引き上げて、布団の中に潜り込んだ。その様子を見守りながら、涼は大きく息を吸い込んだ。

「ごめんなさい、一哉くん。ずっと謝りたかった。本当にごめんなさい」

矢上の存在を責める一哉の言葉が痛かった。一哉との関係が終わりになっても伝えることは伝えておきたい。

「初めて一哉くんと出会ったライブの日。本当は彼氏と終わった日だった。でも、終わったと思ってたのは私のほうだけだって、後からわかったの。その時には一哉くんに、もう出会ってた」

毛布の中の一哉はぴくりとも動かない。

「あの時すっごいヤケ酒して、それで適当に歩いていたら、一哉くんの歌声が聴こえてきて……。本当に辛くてどうしたらいいのかわからなかったし、自分が怒っているのか、哀しいのか、それすらわからなくて……」

「……そいつ、横浜ん時の？」

布団の中から一哉が反応した。

「うん……。フラれたと思ってたんだけど、彼はそういうつもりじゃなかったみたい」

「ここ住む前にやらなきゃいけないことって……」

「そう、きちんと整理したかった。彼、会社の上司だから……」

「……上司だから、あの日、帰って来れなかった？」

布団の中で背中を向けたまま、一哉が痛いところを突いた。

「ごめんなさい。言い訳にしかならないけど、三年も付き合ってきたし、真剣に好きだったから、振り切れなくて……。一哉くんが待っててくれてるとわかってたのに……。本当にごめんなさい。本当に後悔してる」

涼は誠意を込めて言葉を紡いだ。もし一哉が謝罪を受け入れてくれるなら、今の自分の気持ちを伝えることができると思った。

「……今日、仕事は？」

「休んだよ。放っとけないもの。嫌がられてもそばにいたかったし……とても目なんて離せないじゃない……」

布団の中で一哉が寝返りを打った。布団の端がわずかに持ち上がって、涼の耳に小さな声が聞こえた。

「オレと、あのオヤジと……」

「うん？」

「今は……？」

「今？」

一哉の手が布団の中から伸びてきて、探るように動いた。涼がその手を握りしめると、一哉も握り返した。

「……どーなの？」

一哉の声からさっきまでの怒りが薄まり、拗ねた響きが交じっていることに涼は気がついた。涼の胸が激しく波打つ。

「今日、初めて会社を休んだ。だからわかるでしょ……」

そう言って涼は、握り合う一哉の手にもう片方の手を添えて唇をつけた。

すると、一哉が布団から顔を出した。その顔を見ただけで涼は涙がこぼれそうで、必死に我慢した。よく見ると、一哉の顔はまだかすかに赤い。涼は心配で自分の額を一哉の額につけた。まだ額は熱く、熱は下がり切っていないようだった。

至近距離にある一哉の潤んだ瞳を見つめた。涼が視線を合わせても、一哉はそらさなかった。

「大丈夫？」

「いいから言って」

一哉が涼の言葉を遮った。涼を虜にしてきた黒くキレイな瞳が見つめている。涼は素直に自分の気持ちを言葉にした。

「好き」

そう告げた途端、自分でも思いがけず涙がこぼれた。

「誰よりも一哉くんが一番心配で、一番大事よ」

一哉のもう片方の腕が伸びてきて、涼の涙を汗ばんだ指先ですくいあげた。

「アイツより？」

涼はためらいなくうなずいた。

一哉が半身を起こして顔を寄せた。涼は吸い寄せられるように身を乗り出し、一哉の熱を帯びて乾いた唇にそっと触れた。

遠慮がちなキスが、少しずつ深く合わさっていく。

「……キスが一番素直」

涼は唇を離してそう言うと、半分泣いて半分笑いながら一哉の頬に口づけた。一哉はそれを素直に受け入れると、「熱のせぇ……」と言い訳しながら一筋の涙を流した。

涼はその濡れた頬にもう一度キスをした。

「また、涼って呼んでいい？」ためらいがちに一哉が聞いた。

「呼んで」

そして、どちらからともなく、再び唇を重ねた。

いつもより絡み合った舌が熱く、頭の芯が溶けていくようだった。子宮の底から立ち昇ってくるような、独占欲と愛しさが涼の身体を満たしていった。

涼はトーイの激しさも、遠野一哉の無垢さも、全部自分だけのものにしたいと思った。

4　揺るがない想い

怒りを抑えた矢上の声が頭に響く。

「何度も連絡したんだが。電話はつながらず、今の仕事の状況の引き継ぎもせず、何をやってるんだ。チームリーダーとして周囲のことを考えられないのか？」

「申し訳ありません」

ひたすら涼は頭を下げた。仕事への熱心さは比類ない矢上だけに、厳しい叱責は覚悟していた。四日ぶりの出社の上に、無断欠勤が二日も続いたのだから当然のことだ。

「体調が悪いのは仕方ない。だが、連絡はつくようにしておくのが常識だろう」

「申し訳ありません」

「もういい、席に戻れ。しばらく別の者に任せるから君は現状の確認と対応に専念しろ」

矢上の収まらない怒りを感じながら、涼は席に戻った。

「大丈夫っすか？　高梨さんらしくないって、みんなで心配してたんです」

原田が涼にこそっと話しかける。仲のいい千夏たちも心配そうに見守っている。

「うん、大丈夫。ごめんね、迷惑かけて……」

「俺たちは大丈夫っす。高梨さんのご指導のおかげで滞りないですから」

「そう。無理しないで」

涼はみんなの気遣いに罪悪感を覚えながら、礼を言って仕事を開始した。頭の奥に鈍い痛みが走っていた。それを抑えるようにして、メール処理に神経を注いだ。

後半二日間、涼は熱の下がった一哉とひたすらベッドの中で過ごした。いつ太陽が昇って沈んで、いつ月が昇って沈んだのか、わからなかった。

平熱に戻った一哉はまるで獣のように涼を求めた。涼がキッチンで料理する間すら離れることを嫌がり、デリバリーで取ったピザもパスタも、いつのまにかお互いを貪るための前戯になっていた。

しがらみも何もかも意識から飛んで、ただ一哉に恋していられる世界に溺れた。

ベッドの中でのインターバルの時間、一哉はうつぶせになってまどろむ涼の髪や背中に指を這わせながら、音楽やバンド、メンバー、自分の好きなことを少しずつ話した。口数は多くなく、生い立ちにふれることはなかった。それでも、一哉は自分のことを自分の言葉で伝えてくれた。

ふいに肩を叩かれて見上げると、ショートボブの千夏が立っていた。

「涼、今日お昼、一緒しない？」

うなずくと、千夏が嬉しそうに笑って席に戻った。

涼は気を引き締めなおした。気がつくと一哉のことを考えていて、目の前の仕事がおろそかになりそうだった。今まで仕事もプライベートも完璧にこなして、その上で矢上と会っていた。それなのにこんなに自分が恋に溺れるとは、涼自身思ってもいなかった。

お昼のチャイムが社内に響き渡ると同時に、千夏が近づいてきた。

「千夏、お弁当？」

「今日は持ってきてないの」

「あ、高梨さんと笠井さん、ランチっすか。俺も」

「原田はダーメ。内緒話するのよねー」

千夏が原田を返り討ちにする。落ち込んだ様子で席に戻った原田を、同僚たちがからかい半分で慰める。その横をごめんと手刀を切りながら、涼は千夏とランチに出掛けた。

「ね、新しくできた角のカフェに行かない？」

千夏が指し示す方向に、真っ白な壁のカフェが佇んでいた。一瞬、一哉の部屋を思い出して目が眩（くら）んだ。

「涼、最近、キレイになったよね」

「え？　何、急に」

「もともとキレイだけど、なんかもっとこう抜けるような透明感というか……。うまく言えないけど、けっこう社内で噂になってるんだよ」

「そう？　知らなかったな」

カフェの店内は吹き抜けで天井が高く、界隈では珍しく開放的な雰囲気になっていた。店内はバーカウンターとテーブル席、適度に配されたエアプランツと観葉植物がナチュラルな雰囲気を真っ白な空間にもたらしていた。

「うわ、おいしそう……」

二人でメニューを見ながら、カフェ飯に目を走らせた。

「あれっ⁉　涼ちゃん？」

テーブルの隣を通りかかった人物が涼に声をかけた。聞き覚えのある声に涼が顔を上げると、セリが目を丸くして立っていた。

「あ、セリさん！　こんにちは」

「久しぶりだねー。わーオンスタイルな涼ちゃん、新鮮ー！」

「そんな風に言われると、ちょっと恥ずかしいです」

「なんでー？　かわいーよ。あ、もしかして涼ちゃんの会社、この近くなんだ？」

「はい、そうなんです。今日は同僚とここに初めてきて」

「そっかあ。こんにちは、涼ちゃんの友達のセリです」

　周囲の女子がとろけそうな笑みを浮かべてこちらを見ている。

「こ、こんにちは。笠井千夏です」

「千夏チャンかあ、かわいー名前だね。よろしくー」

　爽やかなほめ言葉に、彼氏が切れたことのない千夏がうろたえたように顔を赤くした。

「セリさんこそ、こんな所でどうしたんですか？」

「ここのオーナーが友達でねー。遅くなったけど開店祝いに来たってとこ」

「そうなんですか」

「まだ頼んでないなら、オムハヤシがめちゃくちゃオススメだよ」

「あ、じゃあ、そうしてみようかな」

「あ、そーだ。トーイから連絡きたよ。実はこれからツカサんちに集合すんの」

　涼はそれを聞いてかすかに微笑んだ。一哉がちゃんと行動していることに安心したからだ。

「涼ちゃんのおかげだね」

「え、いや、そんな。私、何もしてないですよ」

むしろ元凶を作ったのは自分だとも言えず、涼はうつむいた。

「そんなことないよ。みんな、涼ちゃんに感謝してる。きっとトーイはこれからもっとよくなる。それも涼ちゃんがいてくれるからだよ」

「か、買いかぶりすぎですよ。一哉くんがよくなってるのは、本人の力だから……」

「まあ、涼ちゃんならそう言うと思った。僕の見立ては間違ってなかったなー」

いつも飄々（ひょうひょう）として楽しそうなセリが、今日は一段と楽しそうにしていた。

「見立て？」

「んーこっちの話。そうだ、ここの会計は千夏チャンの分も含めて俺にもたせて」

「え、何言って……」

「いいって、いいって。オーナーに言っとくから。ゆっくりしてってよ」

セリはそう言うと、ひらひらと手を振って、弾むような足取りで奥に消えた。

「ちょっとちょっと、何よ、あのイケメン⁉　友達って？」

姿が見えなくなった途端、あっけにとられていた千夏が涼のほうに身を乗り出した。

「ちょっと友人の知り合いというか」

「知り合いレベル？　なんかもっと仲良さそうだったけど……。だいたい〝涼ちゃん〟なんて呼ばれてたでしょ」

「あはは、嘘じゃないって。知り合って間もないし」

「えー。って、まさか涼がキレイになったのってあの人のせい？」

「違うって。邪推しすぎ」

「だって、あんな金髪が似合うイケメン、そうそういないよ？　友達より彼氏のほうがしっくりくるけどなあ……」

涼は「誤解」と繰り返し、勧められたオムハヤシのセットを頼んだ。

「なんか最近の涼って、ちょっと不安定な感じもあったから、悩み事でもあるのかなって気になってたんだ」

千夏が涼をランチに誘った理由をそれとなくほのめかした。

「そうかな？　自分ではあまり意識してなかったんだけど」

「早退して四日間じゃない？　何かあったんじゃないかって、本気で心配してたのよ」

「……ごめんね。体調がどうしてもすぐれなくて……」

さすがに一番の友人である千夏相手に嘘をつくのは、涼の良心が痛んだ。そう思った矢先、タイミングよくオムハヤシが運ばれてきた。大きめのウッドプレートには、イタリア野菜などのサラダ、スープ、半熟の卵がオムハヤシに揺れていた。オムライスにかかったハヤシソースの照りがさらに食欲をそそる。

二人で思わず顔を見合わせて、運ばれてきたオムハヤシにスプーンを入れた。とろとろとした卵がソースに絡む。口に運んだ瞬間、ハヤシソースのコクと卵の甘さが絶妙に絡んで美味しさが口いっぱいに広がった。

「おいし……！　ここレベル高い‼　来て正解かも」

「サラダもドレッシングの酸味がすごくいい！」

しばらくオムハヤシを堪能していると、千夏がやおら口を開いた。

「涼は知らないと思うんだけど、変な噂が流れてるんだよね……」

「変な噂？」

「涼って仕事できるでしょ。うちら同期の中でもトップバッターで肩書きついたし。独走みたいな。で、心ないヤツが、実は矢上課長とデキてるんじゃないかって」

涼の心臓が跳ね上がった。

「やだな……課長、結婚してるじゃない」

一気にオムハヤシの味が無味乾燥なものになった。涼は平静を装ってスプーンを口に運んだ。

「うん、真面目な涼に限ってってって、笑い飛ばしてんだけどさ。バカな奴らはやっかんで。矢上課長って圧倒的に実力主義だから、そんなことあり得るわけないんだけど、課長が女にリーダーを任せるのは珍しいから」

今まで仕事一辺倒だった涼にとって、そんな噂は寝耳に水だった。

「正直、この数週間でどんどんキレイになっていく涼を見てて、ちょっとホッとしたんだ。ずっとカレシいないって言ってたけど、恋でもしたのかなって。なんだかんだ言っても男社会だから、女はこうしていろいろ言われちゃうじゃない。だから、プライベートでも涼の支えになるような人ができるといいなあって思ってたんだ」

千夏のさりげない気遣いに、涼は胸の奥が熱くなった。それを悟られないように残りのオムハヤシを口に運んだ。

「……涼、大丈夫？」

「うん……ありがと。心配かけてごめんね」

涙が滲みそうになって、涼は慌ててアイスティーを飲んでごまかした。ふと千夏に聞いてみたいことが頭に浮かんだ。

「でも今の私がキレイに見えるってことは、前までの私ってどう見えてたんだろ……」

「んーそうだな……やっぱ仕事の鬼？」

「えー、何それ」

「うそうそ。そうは思ってないけど、私にはなんかもう必死に見えてた。もっと肩の力抜けばいいのにって。なんかこう……周りが見えてない感じで、いつか切れちゃうんじゃないかって心配してたんだ。でも、今はいい感じな気がする」

千夏が優しく微笑んだ。

涼は千夏の言う通りだと思った。ひたすら矢上の背中ばかり追って、周りのことはまったく見ていなかったことが今ならわかる。

「あのね、千夏。さっきの話だけど、恋、してるよ。すごく大切な人ができた」

「えっ、ホント⁉ いつ？」

「つい最近……。さっきの、セリさんの知り合いというか友達」

「えー！ あ、だから〝よくなった〟とか、〝そばにいるから〟とか、話してたのね。ちょっと水くさいじゃないのー」

「ごめんね。その……年下だから言い出しにくくて」

「年下クン⁉ やっるー！ 涼ってば‼」

たわいもない恋バナで盛り上がる。こんな時間は涼には久しぶりだった。

千夏が自分のことのように興奮気味に聞いた。

「ねね、あんだけセリさんカッコいいじゃない？ ぶっちゃけ、どっちがイケメン？」

「どっちって……それは彼氏」

「そりゃ彼女ならそう言うよねー。涼の彼氏、見たいな。ね、写真ないの⁉ 写真」

「あ、まだない」

「やだ、見たーい！ 今度撮ってきて。なれそめも教えて」

休憩時間の終わりが迫り、席から立ちながらも千夏は楽しそうだった。セリはすでにカフェを後にしていて、二人はオーナーにお礼を言って店を出た。

会社に戻ると、原田が少し驚いた様子で二人に近づいてきた。

「お帰りなさい。なんすか、すげー楽しそうですね」

「原田ー、あんた残念だったねー。涼は売約済みでした」

「へ？　うっわ、痛い、なんなんですか」

休憩終了のチャイムが流れる中で、千夏はからかうように原田の背中を叩き、席に戻っていった。涼は変に誤解されるような言い回しを使った千夏を軽く睨む。当の原田も腑に落ちない表情のまま席に戻った。

ふと視線を感じて顔を上げると矢上と目が合った。涼は以前のような気持ちで見返すことはできなかった。すぐに目をそらしてパソコンの画面に集中した。

社内には穏やかな笑い声が響いていた。原田や佐原、千夏たちが忙しく仕事している。矢上は高層ビルが見える大きな窓を背に、的確に指示を飛ばしている。涼はその光景をどこか他人事のように見つめていた。

近いうちに、この職場を去らなければならないかもしれない。そんな予感が涼の胸をよぎった。

エレベーターが閉まる寸前、その戸口に手を入れて、強引に乗り込んできたのは矢上だった。エレベーター内には涼と矢上の二人だけで、重い空気に包まれた。

「帰りか?」

涼は身がこわばるのに気づきながら、気まずくうなずいた。

「身体はもういいのか?」

「はい。ご迷惑をおかけしてすみませんでした」

「いや……。安心したよ」

矢上の手が涼の髪からうなじにかけてなぞるように触れ、涼の肩が震えた。

「メールしたんだが」

「ごめんなさい。返そうと思ったんですけど……余裕なくて」

嘘だった。でも、時間がほしかった。それほどに矢上を目の前にすると、気持ちが揺さぶられるのだ。

「少し歩かないか」

エレベーターが一階に着いてドアが開く寸前、矢上が囁いた。視線で促され、涼は迷いながらも、矢上の後ろを歩き始めた。心臓が不規則に鼓動する。

ケジメをつけるにはいい機会だ。涼は歩きながら静かに息を整え、気持ちを落ち着かせた。しかし、どう話を切り出すべきか、考えはまとまらなかった。

「課長……私、お話が……」

「この四日間、涼のことばかり考えていた」

　聞こえないほどの低く小さな声で、矢上は涼の言葉を遮った。その声に胸の奥がさざ波を立てる。以前の矢上なら、こんな同情を誘うような言い方はしなかった。

　その時、背後から涼と矢上を呼ぶ声が聞こえた。

「やっぱり課長と高梨さん！」

　原田だった。涼にとっては救いの手が差しのべられたようだった。嬉しそうに手を振って走ってくる様に、さすがの矢上も苦笑いを浮かべた。

「お疲れさまです！」

「お疲れさま、原田くん」

「お前、もう少し近い所から声をかけてくれ。大声で呼ばれるこっちは恥ずかしいだろ」

「すみません！　お二人の背中が見えたんで、つい。これから飲みですか？」

　涼がこの機会を逃すまいと、課長に代わって答える。

「ううん、帰るところだよ」

「えっ⁉　まだ八時ですよ。てっきり飲みに行かれるのかと思って」

「違うよ。駅までご一緒させてもらってたの」

　矢上が仕方なく話を合わせる。

「……お前みたいに毎日飲み歩いてもびくともしない年齢じゃないんだ、こっちは」

「残念、いろいろ課長には仕事のこと聞けるかと思ったんですけどね」

「行ってきたらどうですか、課長？　たまには新入社員と飲むのもいいですよ」

涼は矢上に微笑みかけた。目を見開いた矢上が涼を見た。

「……おい、原田とサシでか……」

「僕とでもいいじゃないですか。お願いしますよ、課長」

「高梨は？」

「課長、僕とサシ飲み、そんなに嫌ですか。高梨さんは病み上がりですよ」

「そうだったな。すまない。じゃあ原田、行くか」

何かをふっきるように矢上が、いつもの強気な雰囲気を取り戻して原田に笑いかけた。

涼はその様子にホッとした。自信に満ちあふれているほうが矢上らしい。でも、そうやって自分が矢上を客観的に見ていること自体が、すでに矢上との間に距離が生まれていることを、涼は自覚した。

「じゃあ、高梨さん。しっかり課長から勉強してきまっす！」

「うん、行っておいで。たくさん吸収して私たちを楽させてね」

涼が冗談交じりに言うと、矢上が呆れた表情をした。

「頑張りまっす！　じゃ、今度また、ライブの後、飲みましょ！」

原田の言葉に、歩きかけた矢上が振り返って涼を見つめた。一瞬の動揺を涼は悟られた気がした。

「ヤスとヨシも会いたがってます。また飲みたいって」

「よろしく伝えておいて。それじゃ私行くね。課長、すみません。お先に失礼します」

詮索されたくなくて、涼は何食わぬ顔で話を流すと、駅に向かって歩き出した。

やり手の矢上のことだ。こういう時の嗅覚は人一倍強い。うまく原田に水を向けて、殲滅ロザリオのことを聞き出してしまうのではないか——。そう思うと決意とは裏腹に、涼の胸中は不安でいっぱいだった。


涼は真っすぐに一哉のマンションに帰った。久しぶりに出勤したせいか、やけに頭が重い。キーボードのイスに座って窓の外の眺望をつまみに、ビールを飲みながら軽く肩を回した。原田と矢上がどんな話をしているのか、想像するだけで気が滅入る。

ふいに背後から一哉の腕が回された。涼は驚いて振り返った。

「いつ帰ったの?」

「今。ただいま、って言った」

「ごめん、気づかなくて。ご飯は?」

一哉が嬉しそうに鼻先を首筋にこすりつけた。

「ツカサんとこで食べてきた」

「そっか、今日、新宿のカフェでセリさんに会ったよ」

「うん、聞いた」

一哉が甘えるように何度も涼の頬に唇を押しつけた。顎のラインにキスしたり、首筋に顔を埋めたりと、まるで猫のようだった。涼はくすぐったさに笑いながら、今日の様子を聞いた。

「みんなと会ってどうだったの？」

「うん……」

「ちゃんと心配かけたこと謝った？」

「うん」

「なんて言ってた？」

「うん」

一哉の唇が涼の首筋を甘噛みした。

「ちょ、一哉くん、こら。ちゃんと」

しなやかな指先が部屋着の上から胸に触れ、じれったげに裾から差し入れられた。素肌の上を絶妙な動きで滑り始め、涼は身をよじった。

「ちゃんと」

「うん、ちゃんとエッチする」

「ち、が、う」

「うん、ちゃんと話すって……」

　文句を言おうと口を開いた涼の唇を一哉が塞いだ。涼は両方の頬を冷たくしなやかな手で包み込まれ、唇を舐められ、甘噛みされ、そして何度もついばむようにキスされた。

　一哉は涼が手にしていた飲みかけのビールを取って口に含むと、そのまま唇を重ねた。一哉からぬるいビールが流し込まれ、涼の口の端からわずかにあふれた。一哉はそれをすくうように舐め取ると、涼を扇情的に見つめた。

　その誘いに乗るように、今度は涼がビールを口に含んで、一哉に口移しで飲ませた。同じようにこぼれたぶんは舌で舐め上げた。

「やっぱビール、にが……」

　いまだカクテル派の一哉がかすかに眉をひそめた。

「そのうちおいしいって思うようになるよ」

　腕を一哉の首に回した。お互いにビールが空になるまで何度も口移しで飲み合った。鎖骨や胸元に滴り落ちたビールをお互いに舐め合い、流れ落ちた酔いとキスの甘さが二人の身体を溶かした。

「なんかオレもう……二十四時間、涼に発情してる……」

一哉は真剣な面持ちでそう言うと、涼の額に優しくキスした。涼も自分が一哉と同じ気持ちであることを自覚して、恥ずかしさでうつむいた。どんどん頬の温度が上がって、心臓が早鐘を打ち、その音が一哉にまで聞こえてしまうのではないかと思った。

それに気づいた一哉が嬉しそうに顔をのぞき込んだ。

「そういうこと、真顔で言わないで……」

涼の言葉に一哉は頬を緩めながら、舌先で耳を舐めた。涼の羞恥心が煽られ、ますます顔が上げられなくなる。

一哉が焦れるように涼を引き寄せた。身体を窓に押しつけながら、激しいキスを何度も落とした。

「涼……好きだよ」

一哉はこの前の風邪以来、素直に感情を表現するようになった。そんな姿が涼には愛しかった。涼は一哉に覆いかぶさって、その滑らかな肌を両手で包み、額に、まぶたに、頬に、鼻にと、ゆっくり口づけた。

「……ライブ。明日も行くね」

「うん。涼がいると、すげー調子いー。楽屋寄って」

「わかった」

「関係者通用口も自由に行き来できるパス、後で渡すから」

涼がうなずくと、またどちらからともなく、何度もキスを求め合った。

どこまでも堕ちていきたい誘惑が涼の身体を揺さぶる。どうしてこんなにも離れられないのか、自分でもわからないくらい溺れていく。肌を合わせることが、そんな気持ちを、言葉を、想いを届ける唯一の術であるように涼は思った。

涼が見つめると、一哉が上のシャツを脱ぎ捨てた。その艶やかな素肌が月の光に照らされて青白く輝いている。涼はその澄んだ素肌に自身の跡を刻みつけて、自分のものである証しを残したかった。

涼が一哉の胸板に指を這わせると、一哉は涼の肩から手までゆっくりと唇と舌で愛撫した。そして、そのまま跪き、手の甲に恭しくキスを落とした。

「涼……オレの名前を呼んで……」

一哉が涼の指先を口に含んだ。上目遣いで涼を欲しいと訴えている。

「一、哉くん……」

「うん」

「一哉くん」

「もっと……」

涼が名前を囁くたびに、一哉の舌が指のラインに沿ってうごめき、二人の本能が共鳴し合って温度を増していく。涼が沸騰した全身をもてあまして腰砕けになりそうになると、一哉が涼の身体を支えるように抱きとめた。

「お願い……もうダメ……」

涼の震える心と身体が、一哉と一つになりたいと叫んでいた。

一哉は小さく微笑むと、涼の身体に自分の身体を割り込ませた。息が詰まるほどの熱量に、涼は一哉に身を任せた。

涼が目を開けると、月の冴え冴えとした光が汗ばんで発情している一哉の表情をさらに凄艶に見せていた。その瞬間、涼の全身が、血が、子宮が沸騰した。

月の冷たい光さえ、今は淫らに濡れているように見えた。

第四章　雲間から射す光

1　忍び寄る幻影

矢上は終日外出していた。原田にも昨晩の飲みの様子を聞くタイミングがなく、会社を出ると、涼はすっきりしない気分のままライブハウスの楽屋に顔を出した。

「こんばんは。ご無沙汰してしまって。これ差し入れです」

「お、涼ちゃん！　サンキュ。終わったらいただくわ」

「セリさん、この前はごちそうさまでした。オムハヤシ、とても美味しかったです。常連になっちゃいそう」

「なってやってー。オーナー喜ぶからさ」

涼は陣とセリに挨拶をして、一哉の姿を探した。けれども、一哉だけでなく、司もHの姿も見当たらなかった。

「トーイと仲直りできたみたいでよかったよ」

陣が安心したように笑顔を見せた。

「すみません、いろいろとご心配おかけしました」

「いーって、トーイが幸せそうで俺らも嬉しい。いろいろあっからさ、アイツは」

その時、Hがドア口から顔を見せた。涼の姿に気づくと、満面の笑みを浮かべた。

「あっらー涼ちゃん」

「Hさん、ご無沙汰してます」

「さっきまでトーイとツカサといててん」そう言って、廊下に身を乗り出した。「トーイー！　涼ちゃん来てんでー！」

Hが叫ぶと、廊下の奥からこちらに駆け寄ってくる靴音が響いて、Hの身体が突き飛ばされた。

「大声で言うんじゃねー！」

一哉がHを一喝すると、涼をチラリと見た。無表情を装ってはいるが、瞳は嬉しそうに輝いていた。

まもなく司が合流すると、ライブ前のミーティングが始まった。パイプイスやソファなど、各自好き勝手に座っている。涼が勤める会社では、許されないラフさだ。

涼は邪魔にならないように部屋の隅に移動しようした。すると、一哉がその手をつかんでソファに座らせ、涼の膝の上に横になった。驚く涼をよそに、一哉は満足そうに目を細めている。

司たちは真剣な様子で意見を交換している。でも、その間、一哉はずっとスマホをいじっている。

「一哉くん。参加しなくていいの？」

涼が囁くと、一哉がスマホの画面を見せた。

「作詞中。話は聞いてるから」

涼が面食らっていると、再び一哉はスマホに集中し始めた。

「……で、トーイ。どう？」

司が涼の膝の上の一哉を見た。一哉はスマホから視線を外して、顔を上げた。

「ん。いーよ。あ、でもテーマ的に二曲目の、アンコに持ってって。で、ラストのアレはバックなしで」

「でもリハじゃ、それはやらんて」

Ｈの反対意見に、一哉はようやく身体を起こした。

「だからさー。Ｈの考えはわかるけど、その常識はあくまでプロモーションありきの場合じゃん。オレが言ってるのは、対オーディエンスで考えた場合のことじゃん」

曲順などについて、Ｈと一哉では意見が違っていた。涼はその様子を眺めながら、想像よりきちんとミーティングが行われていることに感心していた。

涼が二人のやり取りをおとなしく見守っていると、一哉が再び膝の上に寝転がった。

「一哉くん、話まだ終わってないんじゃ？」

劣勢に立たされていたHが髪のない頭をかきまわした。

「だーっ、もー、トーイ、おま、いちゃコラすんなや！」

Hの剣幕に、反射的に涼が「すみません」と、頭を下げた。

「涼ちゃんは悪くないねん。トーイだトーイ！　いつまでも甘やかされてんとちゃうで‼」

「あ、ジェラってんの？」一哉が高慢そうにHを挑発する。

「あーあーあー、この万年発情ガキ！」

「エロッパゲ！」

Hがパイプイスから立ち上がり、文句の言い合いとなった。しかし、小学生男子並みのたわいもない応酬に、涼は半ば呆れながら見ていた。陣とセリもやれやれといった様子で肩をすくめている。こめかみを押さえていた司が大きくため息をつくと、たまらず口を挟んだ。

「わかりましたから、静かにしてくださいよ」

「ミーティングってこれでいいんですか……？」涼が思わず尋ねた。

「いつものことだよ、二人とも長いミーティングがダメなんだよねー。飽きちゃって、喧嘩して終わりー。でも、H、ああやってトーイと文句言い合ってんの、嫌いじゃないから」

　セリはのんびりそう言うと、自分のベースを引き寄せてつま弾き始めた。

「まったく、いつになったら大人になってくれるのやら」

　司が苦笑しながら、涼にライブ会場に行くよう促した。開場時間まで間もなくだった。

　みんなが一哉を可愛がっていた。涼はそのことが自分のことのように嬉しくて、陣たちに弾んだ声で「頑張ってください」と伝えた。すると一哉が駆け寄ってきて、そっと涼の額にキスを落とした。

「終わったら楽屋に来て」

「だーかーら！　いちゃコラすんなら廊下でしろっちゅーねん」

　今度はHが呆れ顔で一哉を見た。さすがに涼も自分のバカップルぶりが恥ずかしくなってうつむくと、一哉が涼の顔を隠すように胸に抱き寄せた。

「あーごめんH。彼女いない暦うん十年には目の毒かー」

「うん十年もないわ！」

「涼ちゃんも甘やかしてる場合じゃないで！　男は女がしっかり教育せなー！」

「彼女なしに言われたかねーっつーの」

二人の漫才のような掛け合いに、涼はたまらず肩を揺らして笑った。一哉は涼を守るように廊下に押し出すとHに舌を出した。Hがまた文句を言い始めたが、ドアが閉まると同時にその声は聞こえなくなった。

一哉は手をつないで涼を通用口まで送ると、顔をのぞき込んだ。

「オレ、涼のことを想いながら歌う。見てて」

あのトーイが自分のために歌ってくれる——。涼はどうしたらいいのかわからないほど気持ちが高ぶって、大きくうなずいた。

「楽しみにしてるね」

「ん。じゃ、キス」

「えっ、こ、ここで?」

通用口手前の廊下の暗がりで、一哉は目を閉じるとわずかに腰をかがめた。涼は周りの目を気にして、小鳥がついばむような軽いキスを贈った。

「……足りねー」

一哉は不満そうに言うと、涼を壁に押しつけて覆いかぶさった。すぐに一哉の舌が強引に涼の唇を割った。スタッフが通るかもしれないというきわどいスリルに、涼の身体は意図せず熱くなった。思わず一哉のシャツを握りしめると、強く抱きしめられた。何度となくキスをされて、涼の息が上がっていく。

このままだと立っていられない。涼がそう思った瞬間、一哉が離れた。

「補給完了」

いたずらっ子のような笑みを浮かべた一哉の余裕っぷりに、涼は一哉の胸を叩いた。

「ほんっと、もうやだ」

「嘘。〝イイ〟でしょ？」

耳元で囁かれた一哉の言葉は、もうステージ上のトーイの色気に満ちていた。

一哉がさらに涼の耳たぶを甘噛みする。煽られてうずいていた涼の身体に火がついた。涼が切なげに見上げると、涼の気持ちを見抜いたかのように一哉が小さく笑った。

「ライブ終わったら続き、しよ」

一哉が甘く掠れた声で囁くと、涼の背中を通用口のほうに軽く押した。女の本能を煽りに煽ったまま放り出されて、涼は一哉を睨んだ。一哉は口の端に笑みを浮かべながら軽やかに手を振った。


ライブハウスの外で熱を冷まして、涼が客席に入ったのは開場時間を三〇分過ぎた頃だった。すでに客でほぼ埋まっていて、賑やかに開演を待っている。男女の比率は半々で、年齢は十代後半から三十代後半と幅広い。

そこかしこでトーイという言葉が飛び交っているのが涼の耳に入った。涼にはいまだに、人気バンドのヴォーカルが自分の彼氏だということが信じられなかった。

　そんな会場の様子を涼が感慨深けに眺めていると、ヤスとヨシが自分に手を振って近づいてくるのが見えた。

「高梨さんも、来てたんですね」

「うん。原田くんは？」

「後から合流です。なんか残業みたいで」

「今日も人すごいね」

「どんどん上昇していくから、みんな目が離せないんですよ」

「高梨さんもけっこう来てるほうですよね？　ときどき見かけますもん」

「うん、好きだから」

　涼も殲滅ロザリオがどこまで上りつめていくのか楽しみにしていた。それはライブに通ううちに、一哉への恋愛感情とは別に感じるようになったことだった。

　ライブごとの大胆なアレンジもさることながら、トーイのパフォーマンスや殲滅ロザリオのバンドサウンドは圧倒的な力で観客を魅了した。生の音に浸れば浸るほどに自我が消されて、いつのまにか自分の知らない自分が引き出されていく。それが最近よく耳にする殲滅ロザリオの評価だった。

「僕ら、なるべく前に行きますけど、高梨さんどうします？」

「けっこう激しそうだよね」

「モッシュとまではいかないけど、それなりに。でもダイブはないから、ギュウギュウになるのが平気ならけっこう楽しいっすよ」

涼は初めて殲滅ロザリオのライブに行った時のことを思い出した。前に進めば進むほど、客同士の密着具合がすごかった。結局涼は二人とは別行動することにした。

ヤスとヨシを見送ると、涼は音響ブースに近い壁際に身体を寄せた。同時に場内が暗転して、ざわめきが静まっていく。わずかにステージ上で歩いたり、楽器を手にしたりする音が聞こえた。

次の瞬間、地響きのような音が弾けるように飛んで、スポットライトがスタンドマイクを手にした一哉を瞬殺するように照らし上げた。ものすごい歓声が上がり、ＳＥもなく急に飛ばしあげるような歌い方に、スタンディング席のテンションが急上昇した。圧倒的なトーイのカリスマ性が殲滅ロザリオの世界へ客を攫(さら)っていく。

トーイの調子もいい。むき出しの欲望に満ちた目に、涼は身体の奥底から震えた。身も心も裸にされていくような享楽的な痺れに意識が霧散していくようだった。それはまるで一哉とセックスしてるように感じられた。

無意識に、快楽に喘ぐ別の自分が引きずり出され、涼はその音と声に陶酔して身体を揺らした。一つひとつの細胞が解き放たれるように絶頂に導かれていく。

司、陣、セリ、Hの顔は不敵な笑みを浮かべている。トーイを軸に、五人のグルーヴとパフォーマンスは、もはやライブハウスを別次元のものへと変貌させていた。

しばらくして、到着したばかりの原田が涼の隣に来た。前方にいるヤスとヨシへの合流はあきらめたらしい。

「もー、マジで言葉になんないっす！」

身体を弾ませながら、原田が興奮気味に騒いだ。涼が相づちを打っていると、ふと視線を感じてフロアの出入り口のほうを振り返った。その瞬間、涼から血の気が引いた。矢上だった。

涼は気づかないふりをして、ステージに顔を向けた。背中が痛いほど、全神経が背後に集中した。

「高梨さん、どしたんすか?」

「う、ううん。なんでもないよ」

原田が心配そうに涼の顔を見た。こめかみが痛み出した。

「ね、原田くん。昨日、課長と飲みに行ったじゃない?」

何事かと、原田が訝しげにうなずいた。

「殲滅ロザリオのこと……なんか話した?」

「ああ、話しました。俺ら世代の音楽の趣味ってどんなだって興味津々で聞かれて。ま、殲滅ロザリオがそれを代表するわけじゃないっすけどね。課長って今はジャズが一番らしいんですけど、昔は洋楽中心にロックを聞いてたみたいで」

涼は、身体が傾く気がした。頭痛が始まっていた。

「今度は課長も誘ってみますか？　意外にノリよさそうっすよ。……高梨さん、大丈夫ですか？」

ふと原田が話をやめて、涼の顔をのぞき込んだ。

「やっぱりまだ身体、本調子じゃないんじゃないっすか？」

「大丈夫、ちょっと一瞬ボーとなっちゃっただけ」

なんでもないというように、涼は頭を振って明るく笑った。せっかくのテンションに水を差すことなどしたくない。そしてなにより、トーイが歌うところをきちんと見て、ライブが終わったら、良かったところも悪かったところも全部伝えてあげたかった。

涼はお腹に力を入れると、背筋を伸ばして奥歯を噛み締めた。頭の奥でさりげなく主張してくる鈍い痛みに蓋をするように、目に力を入れた。

再び場内が暗く沈んだ。拍手がわき起こる。静かにスポットライトがステージの中央を照らすと、一哉がマイクスタンドの前でうつむいて立っていた。一哉はそのまま少し間を置くと、顔を上げて、バックミュージックなしに歌い出した。

「すげ、アカペラかよ……」

誰かが呟いた。

〈……遠い遠いあの日　君を探してた〉

リフレインの多いサビ近くでメロディアスにギターが入り、シンセサイザーやドラム、ベースが呼吸を合わせ始める。

〈ずっと君だけを〉

涼は息をのんで見守った。スポットライトの中で、一哉だけが別世界にいるかのように美しかった。誰も微動だにせず、バラードに全身全霊を傾けて聞き入った。

〈指の間　すり抜けた日々の　戻らない季節(とき)
どれだけ　後悔したの
そばにいてとキスと涙と雨をふらせた　あの夜〉

涼の脳裏にあの日がよみがえり、涙が頬を伝う。

〈戻って　ねえ　オレの名前　呼んで
　戻って　ねえ僕の名前　呼んでくれるだけでいいから〉

　間奏に入った時、トーイがステージのサイドを歩いて、真っすぐ涼を見つめた。スタンディングの客たちを飛び越えて二人の視線が絡み合う。涼と一哉の間には、もうどんなものも存在しなかった。矢上の存在さえ、涼の頭から消えていた。

　涼を見つめたまま、再びトーイが歌い出した。トーイの歌声に重なって、涼の耳にあの夜の雨音が幻聴のように響いた。


　涼が化粧室から戻ると、ヤスとヨシが原田のそばで壁によりかかるようにして座り込んでいた。涼自身もまだ放心状態から抜けきれていなかった。他の客もメンバーのいなくなったステージを、呆然と見つめていた。

「いやあ……参ったわ……」

「なんか、ちょっとトーイの歌い方、ここにきて変わってません？」

「うん、情感っていうの、気持ちが入ってるっつうか」

　三人の会話を聞きながら、涼は出入り口をうかがった。矢上の姿は見えなかった。

「私、ちょっと用があるから、今日はここでごめんね」

涼は三人に手を振ると、人目を忍んで関係者用の通用口に滑り込んだ。楽屋へ向かう脚が自然と駆け足になる。足音で気づいたのか、一哉が楽屋のドアから顔を出した。

「お疲れ、一哉くん！　泣いちゃった」

駆け寄った涼に、一哉が照れくさそうに汗を拭いながら笑みを浮かべた。

「ちょっとインタビューとかで混みいってて。中で少し待ってて」

狭い楽屋の入り口付近で、ライターとカメラマンが待機していた。中にはスーツ姿のレコード会社らしき人の姿もあった。涼は邪魔にならないように丸イスに座った。

インタビューは司が中心になって答えて、陣がフォローする形で進んでいった。そのそばで、一哉は言葉を発せず、時折ペットボトルを口に運んでいた。

興味深げに眺めていた涼のこめかみが徐々に痛み出した。身体もだるかった。気がつくと、「ありがとうございました」という声が聞こえ、インタビューが終わっていた。

「涼、大丈夫？」取材者を送り出すと、一哉が心配そうに声をかけた。「なんかずっと辛そうだし、顔色悪くね？」

「少し頭が痛くて」

一哉が涼の額に手を当てた。

「熱はねーっぽいけど……。司ー、オレ一時間くらい抜けてもいー？」

「うん？　どうしました？」

「涼を送ってきたい。具合悪そーで」

「大丈夫だよ、一哉くん。私一人で帰れるから」

司が少し困った顔をした。一哉はヴォーカルのトーイであり、バンドの顔だ。涼は自分のことで、忙しそうに応対しているメンバーに迷惑をかけるわけにはいかないと思った。涼は司に頭を下げた。

「今日は帰りますね。一哉くん、こういうことはきちんとしないと。一つひとつが大事でしょう？」

「……司も陣もいんだし」

「ダーメ。すみません、司さん。一哉くんのことよろしくお願いします」

「こちらこそ、すみません。今日はできれば一哉には、トーイとしてそれなりに応対してもらいたいので……」

「〝よろしく〟じゃねーよ、そんな顔で」

「私は大丈夫だよ。子どもじゃないんだから、一人で帰れるし。顔見たら少し気が抜けただけだよ」

涼はなおも心配そうにする一哉の手を安心させるように握りしめて、みんなに頭を下げた。一哉が不機嫌そうに会場の出入り口までついてきた。

「ほんと心配しないで。ちゃんと打ち上げ出てね。それだけでも次につながるんだから」

「そんなん、司や陣の役目だって……。オレ、そーゆーの無理」

「うん、無理かもしれないけど、そこにいるだけでもいいってこともあるんだよ。部屋で待ってるから」

「ん……わかった。ちゃんと寝てて」

変わらず心配そうな一哉の手を無理に外して、涼は手を振った。司たちの夢のためにも、そばにいるわけにはいかなかった。

涼はふと、一哉の夢を聞いたことがないと思った。

2　別れ

玄関の音で涼は目を覚ました。一哉は部屋に入ってくると、コンビニの袋をさげたまま涼の顔をのぞき込んだ。

「お帰り……」

「うん、ただいま。起こしてごめん」

「打ち上げ楽しかった……?」涼は夢うつつに尋ねた。

「いつもと同じ」一哉は唇を優しく涼に押しあてた。「そばについてるから寝て」

ライブからの帰宅後、涼は予想以上に身体がだるく、激しい頭痛にも襲われていた。とりあえず痛み止めの薬を飲んで、早々にシャワーを浴びてベッドに入っていた。

「おやすみ、涼」

一哉の声が遠い所から聞こえた。涼は引きずり込まれるように眠りについた。

まるで泥沼に落ちていくようだった。涼が必死にもがいていると、誰かが腕をつかんだ。ホッとして顔を上げると、矢上だった。冷え上がっていく気持ちとともに、血の気が引いた。

矢上の目は獰猛（どうもう）な光を宿していた。いつも矢上は柔和な雰囲気を持ちながらも、周りを鋭く見ていた。そういう彼だからこそ涼は憧れた。

「ごめんなさい、ごめんなさい、俊樹さん」

涼は腕を外そうともがいた。泡立つ音がして足下を見ると、いつのまにかぬるい水がせり上がってきていた。まるで何かに舐められているかのような感触だった。

「なにこれ……」

涼は必死で身をよじって脚を動かそうとした。でも、その場に縫いつけられたように動けない。その様子を見ていた矢上が近づいてきて涼を抱きしめた。その目はいつのまにか真っ黒な空洞になっていた。矢上の舌が身動きのできない涼の首筋をなぞる。涼に悪寒が走った。

「いや、いや……っ！」

思わず悲鳴を上げて、涼は矢上を突き飛ばそうとした。すると、矢上の口から音を立てて水があふれ出した。水は止まることなく、見る間に水位は腰の高さを超えた。矢上が涼の身体を抱きしめたまま水の中に沈み始める。恐怖が極限にまで増幅するのと同時に、水位が涼の首元を超えた。そして口を、鼻を、覆っていく。

涼は息ができず、悲鳴も上げられないまま、手を必死で水面に向かって伸ばした。しかし、その両脚を矢上は抱きしめ、光の届かない水底へと引きずり込もうとする。

「……う、……ょう。りょう！　涼‼」

どこからか自分の名を呼ぶ声が聞こえて、突然呼吸が楽になった。次の瞬間、涼は身体が跳ねるようにして目を開いた。

しばらく涼は、自分がどこにいるかわからなかった。新鮮な空気を求めるように浅い呼吸を繰り返した。

「涼、大丈夫？」

声のするほうに涼が目を向けると、必死の形相で一哉が顔をのぞき込んでいた。

「よか、った……。すっげーうなされてて……」

「私……夢見て……」

涼はベッドの脇にへたり込んだ一哉にそっと手を伸ばした。その手を強く一哉が握った。

涼は重症だと思った。矢上とケジメをつけたいと思ってから、一カ月以上は経っている。矢上とのことが予想以上に深く自分の中に根を下ろしていた。

涼は小さく息を吐くと、心配げに様子をうかがっている一哉を見つめ返した。

「ケジメ、つけないと……」

涼の言葉に一哉が目を瞠り、そして納得したようにうなずいた。

横浜の部屋で見せた矢上の涼への執着と初めて見せた劣情を思うと、そこにはどこか危うさが漂い、涼にはこのますんなり別れられるとは思えなかった。

涼の肌に鳥肌が立った。その震える肩を一哉が強く抱きしめた。

「オレにできることあったら言って」

一哉は安心させるように、涼の額にキスを落とした。

涼は重い頭と調子の悪い胃を抱えて、月曜日を迎えていた。週末はほぼ寝込んで、一哉に看病してもらう有様だった。矢上とケジメをつけようと決意したものの、結局何も考える余裕はなかった。

「金曜日、大丈夫だったすか?」

打ち合わせ先から戻ってきた原田が涼に声をかけた。すぐれない体調を隠して、涼は「大丈夫」と返事をした。いつもどおりに仕事は進まず、何度もため息をついた。鈍い痛みが後頭部で続いていた。

帰り際、滑るような脂汗を手のひらに感じて、涼は給湯室へと立った。その瞬間めまいがして、涼はその場に思わずしゃがみ込んだ。

「高梨さん? ちょ、大丈夫ですか⁉」

「高梨!」

原田や千夏の声にかぶさるようにして矢上の声が聞こえて、それ以降、音が消えた。

次に涼の耳に聞こえたのは、誰かの話し声だった。

「……おそらくは」

「……ですか」

「……で……なの……す」

皮膚の下を巡る一条の潤いが身体をよみがえらせてくれるような感じがして、涼はこのまま静かに眠っていたいと深く身を沈めた。やがて身体が浮遊していく不思議な感覚に目を開けた。矢上が心配そうにのぞき込んでいた。

「調子はどうだ?」

過去に戻ったかのようなデジャヴに襲われた。慌てて身体を起こそうとして、矢上に止められた。

「横になっていたほうがいい。今、点滴をしてる」

涼は矢上の言葉に腕を見た。管が挿入されていて、近くに薬液の入ったパックが下がっている。皮膚の下でなんとなく心地よく感じていた冷たさは点滴だった。

「さっきまで、笠井も原田もいたんだが」

「今、何時ですか……？」

「もうすぐ夜の八時半だ。面会時間が終わるまでそばにいるから、また眠るといい」

「……それって、今日は帰れないということですか？」

少しずつ涼の頭がはっきりしてきた。点滴のおかげでだいぶ身体は楽になっていた。

「心労じゃないかということだ。詳しくは医者に聞いたほうがいい」

矢上に医者を呼んでもらうと、ほどなくして白髪交じりの男性が白衣をなびかせて入ってきた。

「気分はいかがですか？」

「だいぶ良くなった気がします」

少し緊張する涼の手に、矢上の手が安心させるように重なった。涼はあからさまに拒否するのもためらわれて、身を固くしたまま医者の話に耳を傾けた。

精神的なストレスによる頭痛。胃腸も弱っているとのことだった。とりあえず一泊入院だと言われ、涼の口からため息がこぼれた。

医者が去った後、涼はさりげなく矢上の手を外し、サイドに置いてあるバッグを引き寄せた。スマホを取り出そうとすると、矢上が腕を押さえた。

「彼にか？」

涼は震える声で「はい」と、返事をした。

「……俺じゃダメか？」

矢上にきちんとダメだと言わなくてはならないのに、涼は言葉にできなかった。

「さっき君が倒れた時、すごく不安になったし、心配した。涼を失うかもしれないと思ったら、居ても立ってもいられなかった」

しばらくの間、病室に沈黙が流れた。涼は〝さようなら〟だけでは、矢上には通じない気がした。それでも〝さようなら〟という言葉しか思いつかなかった。

「もう遅いのか？」

矢上は声を絞り出しながら、涼のスマホを取り上げた。

「俊樹さん、やめて、返して」

「返したら、あの彼に連絡を取る。そうだろう？」

涼がスマホを取り返そうと腕を伸ばすと、後頭部に痛みが走った。思わず小さくうめき声を漏らすと、矢上が気まずそうにスマホを涼に差し出した。

「すまない……大人気ないことをした」

再び沈黙が訪れた。涼はスマホを握りしめながら、一哉のことを思い浮かべた。落ち着くために大きく深呼吸をした時だった。

「俺のせいか？」

苦しそうに矢上が呟いた。そのまま涼の手をスマホごと両手で握りしめると、悲しそうに涼の手を自分の額に押し当てた。

「追いつめてでも……涼を失いたくなかった。こんなに好きになった女はいないんだ。妻よりも誰よりも」

震えるようなうわずった声に、矢上の必死な感情が滲み出ていた。涼の胸が激しく痛んだ。涼は奥歯を噛み締めて、矢上から手を引き抜いた。

「もうやり直せないのか？」

今終わりにしなくては、矢上を苦しませるだけだと涼は思った。

「あの金曜の夜、俊樹さんにフラれたと思って、その足で入ったライブハウスで、彼に出会ったんです」

「あ、あの金曜の夜に……？」

愕然とした矢上の声に、涼は小さくうなずいた。涙が滲みそうだった。ほんの少しのボタンの掛け違えが、二人の間に大きな距離を生んでしまったのだ。

「……あの日、俺も動揺してた。涼に会う前に妻からメールが入った。産婦人科に行ったと。子どもができた今の妻を、不安定な状態のまま放っておくことはできない。でも、妻とはまた折を見て話し合うつもりだ。彼女が落ち着いたら、時間はかかるかもしれないが、離婚に踏み切ろうと思う。涼の面影を抱いたまま、平気な顔して妻と暮らすことなんてできやしない」

「それは……私も同じです。彼の面影を抱いたまま、あなたの元には戻れない」

「それでも君を愛してる。俺にとって一番大事なのは涼だ。それだけははっきりしてる」

もし、あの夜にその言葉を聞いていたらと涼は思った。でも、そんな考えをすぐに頭から打ち消した。時間を巻き戻すことはできないのだ。

涼は折れそうになる気持ちを奮い立たせて頭を下げた。

「ごめんなさい。俊樹さん、本当にごめんなさい」

矢上がうなだれていた顔を上げた。その瞳は頼りなげに揺れていた。

仕事もなんでも涼しい顔でこなして、強気でみんなを引っ張るのが矢上だ。でもその裏には、自分にしか見せない弱さがあったのだと、涼は今更ながらに思った。そして、そんな弱さすら、涼は愛していた。

病院内に、面会時間の終わりを告げるアナウンスが流れた。

「明日の急ぎの仕事は、原田くんに電話でお願いしておきます」

涼の言葉に、矢上が辛そうに目を見開いた。涼は心を鬼にして、矢上に改めて向き直った。

「彼が好きです、誰よりも。今も、これからも、そばにいたいと思う人は、彼です……」

涼は言葉一つひとつに誠意を込めて伝えた。矢上はしばらく固まったように動かなかったが、やがて天井を仰いで声を震わせた。

「……横浜で鉢合わせた、殲滅ロザリオのヴォーカル、か？」

涼ははっきりうなずいた。

「君があんな音楽を聞くタイプだとは意外だった」

そう苦笑すると、矢上は上着を手にして立ち上がった。皮膚が白くなるほど、矢上は強く拳を握りしめていた。病室のドアの前で矢上は振り返って涼を見た。その目からは、さきほどまでの弱気な影は消えていた。

「俺はずっと待つよ……。きっと、そのうちわかる」

覚悟を決めたような落ち着いた声に、涼は一瞬息をのんだ。矢上の考えが読めなかった。目を瞬かせる涼に、矢上が優しく微笑む。そして、ドアの向こうへと立ち去った。

矢上の姿が見えなくなって、涼は一気に緊張が解けた。大きく息を一つ吐き出し、目の前の壁を見つめた。

「別れたい」とはっきり告げればいいだけなのに、どうしても言葉にできなかった。本当に好きだったと認識し直すたびに、涼の心の中に情がわいた。共に歩いた日々が走馬灯のようによみがえって頭の中を駆けていく。

恐ろしいほどの虚しさが胸を塞いだ。深く近づいたぶんだけ一生抱えていくしかないものなのだと、涼は思った。

その時、スマホの着信音が鳴った。一哉からだった。

「涼、今どこ？　今日残業って言ってたっけ？」

心配と不安が入り交じったような声音だった。

「ごめん、今病院なの」

「は？　なんだよ病院って……」

「実はなんか体調悪くて。たいしたことないんだけど、ちょっと一泊入院してくね」

一哉を心配させたくなくて、涼がなるべく軽い感じで伝えると、一哉のイラ立った顔が見えるような声が聞こえてきた。

「あのさ、一泊入院って全然たいしたことなくない？　どこ？　オレ今から行く」

「あの……厚生中央病院。でも面会時間、過ぎてるから……」

「はああ？　んだよ、なんでもっと早く言わねーの⁉」

一哉の怒鳴り声が響いた。涼はたまらずスマホを耳からわずかに遠ざけた。

「さ、さっき目が覚めたの。もう先生も大丈夫だからって」

「あのさ、ほんとマジでたいしたことないとか嘘つくなよ。明日ぜってー行くから」

唐突に電話が切れた。それでも一哉の怒りの理由が嬉しくて、涼は布団を頭からかぶった。一哉のことを想うと気持ちが満たされた。それが今の涼の答えのすべてだった。けれども、温かな気持ちはすぐにその裏にある悲しみへと姿を変えた。涼は布団の中で口元を手で押さえた。そのぶん、目尻から涙があふれだした。

運命の相手と信じ込むほどに思い定めた気持ちが、めぐりめぐる時の流れの中で変わっていく。いつかこんな形にしようと育てていたものが、全く別のものになってしまったかのようだった。

そんな心の変化が、涼は寂しかった。涼はこの時だけ矢上とのことを想って泣いた。

3　男同士の対峙

涼がちょうど看護師から清算方法や手続きなどの説明を聞き終えた時、病室に息せききって一哉が姿を現した。その勢いのまま、一哉が駆け寄ってきて涼を抱きしめた。

「ちょ、ちょっと……。ここ病室だから……！」

看護師の手前、恥ずかしさに涼は一哉から離れようとした。

「すっげー心配した……‼」

「もう大丈夫だから。だから離して？　ね？」

まるで子どもが入院して会えなかった母親の退院に安堵しているみたいだった。最初は驚いていた看護師も笑い始めている。羞恥心と呆れとで脱力した涼は、とりあえず一哉が満足するまでじっとしていることに決めた。

「よっぽど不安だったんですね、弟さん」

何気なく呟かれた看護師の言葉に、涼は気にすることはないと思いながらも、少し気分が萎えた。一哉も肩を揺らしたのがわかった。

「高梨さん、それではお身体、大事になさってください。そうそう、昨日つきっきりでいらっしゃった男性の方に受付票はご記入いただいたのですが、そのときペンをお忘れになったようなので、帰りに総合カウンターで受け取ってお渡しいただけますか」

そう言うと、看護師は病室から出て行った。

「なんかオレ……すっげー……ガキくせ……」

一哉が複雑な表情で涼から離れた。そして、どこか陰のある大人びた笑みを浮かべた。

「でも、なんか安心した」

「ごめんね、私もこんなことになるなんて思わなくて」

「思ってなかったから、倒れたってことだろ」

涼が苦笑すると、一哉が看護師の出ていったドアのほうに一瞬目をやって、煮え切らない表情を見せた。

「どうしたの？　一哉くん？」

「いや、あのさ……〝男性の方〟って、アイツ？　看護師が言ってた、昨日つきっきりでとかなんとか」

「あ、ああ。うん。ここに運んでくれたの課長だから」

素直に言った涼に、一哉が気難しそうな顔で黙り込んだ。

「一哉くん？」

「……なんでもない」

一哉が視線をそらしたまま、こわばった声で答える。もう一度名前を呼ぶと、一哉は軽く頭を振った。

「なんでもねーっつーの、帰ろ」

涼の手を握りしめ、一哉は強引に歩き出した。涼はそれを慌てて引き止めた。

「なに、なんか変だよ……」

「変じゃねーよ。いーから早く帰ろ」

涼の呼びかけた言葉を遮るようにして、一哉が突っぱねた。その強い態度に、涼はそれ以上追及することもできず、二人は病室を出た。

病院から渋谷への帰り道も、部屋に着いてからも、一哉は考え込んでいるようだった。ただ今は、矢上とのこともあり、涼にとっては逆にその沈黙が救いだった。


退社時刻を迎え、社内には「お疲れさま」の声が飛び交っていた。ここ数日、矢上は社外に出っぱなしで、涼とほとんど顔を合わすことはなかった。たまに廊下ですれ違えば、前のように挨拶や多少の世間話をする。でもそれは上司と部下として、ありふれた光景だった。今は、たとえ表面的にでも普通の関係を築けていることに、涼はホッとしていた。

「本当にもう大丈夫なの？　途中まで送るわよ。原田もいるし」

千夏の心配そうな顔に涼は首を振った。

退院した翌日から仕事に復帰したものの、涼の身体は本調子ではなかった。そのためチームの仲間がしきりに心配してくれていた。

「大丈夫だよ。ゆっくりだけど回復してるし」

涼は元気さをアピールするように笑ってみせた。送ってくれるという申し出は嬉しい話だった。でも、ライブがない日は、一哉が会社まで迎えにきてくれることになっている。さすがに心配してくれる相手に、それを言うのもはばかれた。

退院した帰り道、ずっと黙っていた一哉は、唐突にバンドに差し障らない程度で迎えに行くと言い出した。ライブ活動をしている以上、涼と一哉の生活スタイルは違う。当然これまでは、社会人同士の恋人のように、平日に待ち合わせて帰ることなどできなかった。帰り道にスーパーに寄ったり、ご飯食べたり、そんな時間を一哉と持てると思うと、涼は嬉しかった。

多くの会社員にもまれるようにして、涼はエントランスを出た。一哉とは駅で待ち合わせている。ビルには他の大企業も入っているため、退社時刻はスーツ姿やジャケット姿の人間であふれかえる。この退社時の人ごみを抜けるのはけっこう大変だった。

いつも以上に混雑していて、涼が遅れそうだと焦り始めた時、前方で女性が何人か足を止めたり、振り返ったりしながら歩いていくことに気がついた。

「あの子、すっごいかわいー」

「こんなとこで、誰かの待ち合わせかな」

「ねえねえ、声かけてみちゃう？」

人の波が滞っている場所がはっきり見える所まで来て、涼はようやく状況を理解した。スマホをいじりながらガードレールに一哉が腰掛けていた。ヘッドホンをしているせいか、一哉は自分が注目の的になっていることに気づいてもいないようだ。

風が吹くと一哉の銀色の髪がなびいた。テーラードジャケットにパーカーインの定番スタイルにもかかわらず、遠くからでも目を引く。そんな一哉の姿が周りの暗い色のビジネス集団の中にあって浮かないわけがなかった。

衆人環視の中、涼が声をかけるのをためらっていると、一哉が顔を上げ、涼の姿を見つけた。そして、普段、めったに見せない極上の笑顔を浮かべた。一気に周りがどよめいた。

「涼！」

周りの目が涼のほうに向いた。会社員の波の間をすり抜けて、一哉が走り寄る。

「い、一哉くん、待ち合わせって駅……」

「時間あったし、涼の働いている所ってどんなとこか見たくて」

「話は後！」

注目されている恥ずかしさから、涼は一哉の腕を取って、早足で歩き出した。すると、向かいから歩いてくるスーツ姿のグループにぶつかりそうになった。

「うわっ！　と……高梨？」

同期の片原（かたはら）の声だった。涼の表情がこわばった。スーツ姿のグループ数名の中心には、矢上がいた。打ち合わせの帰りだった。

「早いね。今日はノー残業デー？　……って、連れがいんのか」

いつもの気楽さで片原が声をかけた。矢上を囲む他の社員たちも顔を知らないわけではない。むしろプロジェクトによってはよく絡む優秀なメンツだった。ただ平然と挨拶するには、間が悪すぎる。

一哉を見上げると、彼は真っすぐ一人を見ていた。そして矢上もまた一哉を見ていた。一哉には、病院で矢上に別れを告げたことを、涼はまだ伝えていなかった。

凍りついた涼の表情を、訝しげに片原がのぞき込むと、一哉がさっと涼の腰を引き寄せた。

「きゃ、一哉くん⁉」

「おわっ、なんだ？」

一哉はよろめきかけた涼を半ば強引に連れ出すように歩き始めた。その脚が一瞬止まったのは、矢上とすれ違う時だった。

「お疲れ、高梨。お前、弟いたのか？」

あざ笑うように放たれた矢上の言葉に、涼が息を止めた。背中越しに斬りつけられた形になった一哉は、無言で涼の腰を抱いたまま、また歩き出した。

悔しさに唇を噛み締めながら一哉の様子をうかがった涼は息をのんだ。一哉の目に浮かんでいたのは沸点に達した怒りだった。その燃え上がった青白い炎に、涼は言葉を失った。

食事にいく予定だったタイ料理店にも足が向かず、部屋にもすぐ帰る気になれず、涼と一哉は渋谷のマンション近くの公園を歩いていた。

「ごめんなさい。嫌な思いさせて……」

涼は一歩前を歩く一哉に謝った。一哉は歩みを緩めると、大きく息をついて空を仰いだ。

「涼が、謝ることじゃねーだろ……」

「でも」

「謝んな！」

語気を強めてから、一哉は気まずそうに振り返った。

「……ごめん。八つ当たり……」

涼は小さく頭を振って、一哉の手を取った。

「ね、久しぶりに芝生のとこ、行こうよ」

空気を変えるように明るく誘うと、一哉は黙ったまま涼に従った。

出会ったばかりの頃に二人でサンドウィッチを食べた小高い丘まで来て、涼が座って空を見上げると、一哉も隣に座って同じようにした。大きな欅の枝の向こうに、うっすら星が見えている。

矢上が悪意を忍ばせて叩きつけた〝弟〟という言葉が、二人の間に重く横たわっていた。それを払拭するように、涼はあえて大きく伸びをして言った。

「あのね……病室で私……、彼に好きな人ができたって言ったよ」

一哉が驚いたように私を見た。

「だから……だから、きっと……」

あれは矢上があの時できる精一杯の意趣返しだった。

「いーよ、わかってるから。向こうにとっちゃ、最悪なガキだってことくらい」

歳の差は頑張っても埋められるものではない。いつまでも姉弟に見えるのなら、それはあきらめるしかないのだ。

「別にさ……」一哉がもどかしげに呟いた。「オレは歳の差なんて気にしねーし、別に弟って言われてもいーよ。周りから見たら仕方ねーことだし。要はオレと涼がわかってればよくてさ。だから、そのことじゃなくてさ……」

言葉にするのをためらい、一哉が涼の指に指を絡めた。

「いや、いーや。なんでもねー……」

一哉はそのまま上体を横にして、涼の膝の上に頭を乗せた。そして涼のお腹のほうに顔の向きを変えると、その背中を抱きしめた。

「……頑張るから。認めさせるから」

それっきり一哉は、涼の膝の上で天を見つめたまま何も語らず、涼は一哉の髪をそっと撫でていた。もしかしたら、お互い全然関係ないことを考えているのかもしれない。それでも二人には十分な時間だった。

涼にとって一哉が弟に見られることが全く気にならないわけではなかった。でも、違和感なく受け入れてくれる司たちがいる。人の目は、その人の価値観や考え方に大きく左右される。見知らぬ人たちの目を気にしても仕方ない。しかし、そう割り切るのは簡単なことではなかった。

不意に一哉が目を開けて、おかしげに笑った。

「腹鳴った」

「ええっ、私？」

一哉は身体を起こすと、涼の唇をかすめるように舐めた。

「ちょっと……！」

「オレ、涼の手料理食べたいなー」

さっきまでの空気はどこへやら、一哉は楽しげに笑うと、涼の髪を指に絡めてもう一度キスした。その様子はいつもの一哉だった。

「やっぱ、涼でもいーや」

いたずらっ子のような瞳で、一哉がキスの合間に囁く。涼はせっかくの雰囲気を壊され、「この小悪魔……！」と胸の内で叫んだ。

「〝涼でもいーや〟ってなんなのよ!?　なんか違う！」

「へえ、涼はオレに料理されたいんだ？」

「ち、が、う！　最初は私の手料理って言ったじゃない」

「え、知らないの？　オレには涼が一番おいしーって」

物欲しげに見つめる一哉に、涼の頬の温度が上がっていく。

「だから、そーいう目で見ないで！」

涼が危険を察知して立ち上がろうとすると、一哉が強引な力で後頭部を引き寄せた。食らいつくかのようなキスに、思わず涼の身体の芯が疼いた。吐息も唾液も絡み合う濃密さに、一気に息が上がる。

唇から頭の奥へ甘い薬が染み込んでいくような震えが走り、思わず涼はのけ反った。一哉とは肌が馴染んでいるだけに、刺激されると反応は早い。満足げな表情の一哉から解放されて、涼は清涼な空気を求めてかすかに喘いだ。

このままでは、一哉に刺激されるたび場所を問わず淫らに発情してしまいそうで怖かった。嬉しいのか情けないのか、涼の目尻にじわりと涙が滲んだ。

「やっぱ、オレは涼が食べ……りょーう？」

黙ってうつむいた涼を、一哉が心配そうにのぞき込んだ。

「もうっ、ほんと外ではやめてってば……」

一哉が少し困ったように涼の手を取って立ち上がる。

「あーごめん。もう外ではしない。しないからそんな顔すんなっつーの」

一哉は涼の頭を撫でて肩を引き寄せた。胸に抱き寄せられて安心した涼は身体から力を抜いた。やっぱり一哉の腕の中が一番いいと思いながら、涼は一哉に微笑んだ。

「だから、そーいう顔を……これ以上煽んなっての……」

かすかに赤くなった一哉が顔を背けた。涼が素直に笑みを深めると、一哉が強く抱きしめた。

「あーもう、かわいすぎだから！　我慢する‼」

一哉はヤケ気味に夜空に向かって叫んだ。でも、どこか楽しそうだった。


矢上に鉢合わせしたことを気にもせず、一哉は会社の入ったビルの前で待つようになった。今日は一哉のリクエストでセリの友人がやっているカフェバーに行く予定だった。そんな二人の行動が、密やかに会社の噂になっているのを涼が知ったのは最近のことだ。

「浅川（あさかわ）さんに聞いたんだけど、最近かわいい年下クンが涼を待ってるんだって？」

千夏が、化粧室から席に戻った涼に近づいてきて、社内でもノリのいい女性の名前を出した。

　千夏には前に恋バナをしていたこともあって、涼は正直にうなずくと、千夏の顔が明るくなった。

「今、下で待っててくれてる」

「うそ⁉　紹介して！　デートの邪魔はしないから」

　二人は一緒にエレベーターで降りていき、道路に出ると、涼はガードレールに寄りかかる一哉を指差した。今日はゆったりめのサルエルパンツを履いていて、それが個性的なスタイルになっている。

　シンプルな格好を好む一哉だが、涼とのデートの時ばかりは少しファッションを意識していた。そのなんでもないことが、涼にはとても嬉しかった。

「やっぱね。最近見かける子だなって思ってた。すっごい美形だから目立つなーって。そっか、涼の彼氏だったわけね」

「この前、入院してから私のこと心配してくれて」

「ええっ、すっごい愛されているじゃない！」

「そうかな？」

「そうよ。浅川さんたち、逆ナンしちゃおうとか冗談言ってたけど、入る余地なしだね」

「逆ナン⁉」

「大丈夫！　ああやって周りを気にせず堂々と迎えに来てくれるタイプは、独占欲強そうだし、そうそうなびかないわ」

話しながら歩いていくと、一哉が気づいて顔を上げた。ヘッドホンを外しながら千夏に視線を走らせた。

「一哉くん。あのね、紹介したい同僚がいて。こちら仲のいい笠井さん」

「笠井千夏です」

一哉は小さく名乗って頭を下げた。ライブでもだいぶ名刺を出される場面が増えたらしく、初対面相手でもきちんとした応対ができるようになっていた。

「駅まで一緒していい？」

涼のお願いにうなずいた一哉は、いつものように涼の腰にさりげなく腕を回した。矢上とは一切こういう触れ方を人前ですることはなかった。そのせいで涼は、いまだに普通の恋人がするようなしぐさに慣れない。

「遠野くんは、涼とどこで会ったんですか？」

「ライブハウスです」

「え、涼ってライブとか行ってたっけ？」

「その日はたまたまね。ほとんど行ったことなかったんだけど」

「偶然なの？　で、きっかけは？」

「それは涼が泥酔……」

「えっとね！　ちょっといろいろあって！」

涼は慌てて一哉の口を塞いだ。含みのある目で涼をしばらく見ていた千夏は、肩をすくめてそのまま流した。

「で、遠野くんは、涼のどこに惹かれたの？」

再び慌てた涼にかまわず、一哉はかすかに笑った。めったに一哉からこういう話を聞いたことがない涼も、内心興味はあった。

「うーん……意外とおせっかいだし、からかいがいがあるし、遠慮しいだし、年のわりに子どもっぽいし」

「……なんかけなしてない？」涼は眉をひそめて、飄々と話す一哉を睨んだ。「もっとあるでしょ、優しいとか……一緒にいると癒されるとか……」

「他には？」

一哉に促されて、涼は自分の身を振り返って続けた。

「料理がおいしいとか……しっかりしてるとか……」

腹立ちを示すように、涼の眉間のしわが深くなる。そして隣で意地悪くニヤつき始めた一哉の脇腹に涼は肘を入れた。

「もうちゃんと言って！」

そこまで言ったところで千夏の存在を忘れていたことに気づいて顔を向けると、千夏は穏やかな表情で笑っていた。

「ごめん……」

「いいよ。すごくラブラブなのはわかったし、涼が彼氏の前だとこんなにかわいいなんてね。それに、遠野くん、すごい涼のこと好きってわかるし、なんか安心した」

「そう?」涼が隣を見ると、一哉が顔をそらした。

「知らね」

一哉の顔は少し赤らんでいた。

千夏と駅で別れ、涼は一哉の手に自分から恋人つなぎをして身を寄せた。今は一哉が手をしっかり握り返してくれるだけで十分だった。

4　招かれざる客

翌日、涼は残業だった。あともう少し資料を完成させれば、帰れそうだった。一哉はミーティングで迎えには来られないと、スマホに連絡がきていた。

大量の資料を抱えて立つ千夏が涼に話しかけた。

「今日は彼氏の迎えはないの？」

「そんな頻繁にはないわよ。彼だってそれなりに忙しいし」

「そうなの？　にしては、彼、涼のこと大好きって顔してたわよ」

「昨日もそう言ってたけど、ホント？　そう見える？」

「そんな驚くこと？　年下のせいかわかりやすいくらいに、涼にベタ惚れじゃない。人前でも腰に手を回してくるあたり、ストレートでしょ。あんなにかわいい恋人なら、私も今度は年下くん考えてみよっかなー」

そうからかい半分に去っていく千夏の言葉に、涼は一哉のことを思い浮かべた。中華、イタリアン、和食……夕食のメニューを考えるだけでも楽しかった。

涼が一人笑みを浮かべていると、内線が鳴った。一階の受付からだった。

「尋ねても名前をおっしゃらないんですけど、女性のお客さまがいらしてます」

「私に？」

涼は念のため手帳を開いてみたが、来客の予定はなかった。心あたりの顧客の顔を浮かべても、思い当たる節はない。

「不都合でしたら、不在ということでお引き取りいただきますが……」

「いいえ。とりあえず一階に降ります」

涼はすぐに一階の中央にある受付に向かい、顔なじみの受付嬢に会釈した。

「お疲れさまです。私宛のお客様ってどちらですか？」

「お疲れさまです。五番スペースでお待ちいただいています。アポなしだそうです」

「そう……。わかりました。ありがとう」

ロビーの奥にはパーティションで仕切られた打ち合わせスペースがある。紙コップに珈琲を入れて、涼は五番スペースに向かった。女性の後ろ姿を見る限り、見覚えはない。

「失礼します、お待たせいたしました」

涼の声に振り返った女性は、かわいらしく清楚な雰囲気だった。涼より少し年上だろうか。エレガントなファッションを着こなしている。やはり、涼の記憶にない人だった。

女性は立ち上がると一礼した。涼は珈琲を差し出して着席を促し、テーブルを挟んで向かいに座った。女性はさりげない微笑を浮かべて姿勢を正した。

「あなたが高梨さん？」

「はい、高梨と申します。どのようなご用件でしょうか？」

「私、矢上俊樹の妻の英里といいます。お帰りの時間に突然訪ねてきまして申し訳ございません。矢上がいつもお世話になっております」

予期せぬ名前に、涼はこわばり青ざめた。矢上の妻は落ち着いた様子で涼を見据えている。涼は動揺を悟られないように、かろうじて笑顔を作り、彼女を見返した。

「こちらこそ課長にはお世話になっております。課長ではなく、私に御用……ですか?」

「ええ。矢上ではなく、あなたに」

緊張が高まり、涼の背中を冷たい汗が流れた。とりあえず相手の出方を見るために、涼は自分からの発言をなるべく控えようと気を引き締めた。

「お話をうかがいます」

「私が妊娠しているというのは、ご存知ですよね?」

涼は平静を装って首を横に振った。決して安穏とした話ではないのは決定的だ。

「矢上がずっと妻である私と別れたいと言っていたことも?」

「知りません」

「そう。では、今の会社を辞めると言っていることも?」

「はい? 課長が、ですか?」

涼は驚いて、思わず目の前の顔を見つめた。

「この会社を辞めて新しい会社を立ち上げると同時に、私との関係も清算したいと。どうしても一緒になりたい女性がいると言っています」

寝耳に水の話に、涼は頭がついていかなかった。相づちを打つことさえ、ままならなかった。

「順調に昇進して、このままいけば役員職にだってつける人間が、一人の女性のために出世コースを捨てると言う。さすがに呆れました。私と別れて、慰謝料でもなんでも払うからと、あのプライドの高い矢上が私に土下座したのよ」

初めて英里の声が震えた。視線を斜め下に落として、唇を噛み締めている。その哀しみをたたえた横顔に、涼は胸をつかれた。涼が矢上に恋したように、目の前の英里も彼に恋をして結婚し、連れ添ってきた。たとえ涼にとって終わっていることでも、英里にとっては終わっていないのだ。

「そこまでされたら、私に何ができます？　あなたのように仕事のパートナーになれるわけでもない。妻としてできることなんてたかが知れています。でも、この子……この子を父親なしで育てるなんて……」

お腹に手をやった英里の言葉に、父親の顔も知らず、母親にはろくに愛情を注がれず育った一哉のことが涼の脳裏に浮かんだ。

「あなたには、おわかりにならないでしょう。矢上がどんなに苦労してキャリアを積み上げてきたか。あんなに努力して、今を築いたというのに……」

悔しそうに英里がうつむいた。涼は入社した時点ですでに注目されていた矢上の姿しか知らなかった。でもそこに至るまでの努力を、涼が反古（ほご）にしようとしているのだと言われたら、涼としてはどんな言葉も返せなかった。

ただこれ以上、自分のせいで矢上を不利な立場に追いやることだけはできなかった。

「部下として、できるかぎりのことをします。留まるよう、私からも」

そこまで言った瞬間、涼は顔になまぬるいものを浴びていた。髪の毛から滴り落ちた雫が白いテーブルに茶色いシミを作っていく。英里が珈琲を浴びせたとわかるまで数秒を要した。

「……部下として？　よくそんなことが言えますね。高梨涼さん」

白いブラウスの胸元に茶色いシミがじわじわと広がっていく。打ち合わせスペースの周りはどよめいていた。

涼は静かに目を閉じて、大きく深呼吸をした。シラは切り通す。たとえ自分にとって不利な状況になろうとも、最後にできることはそれしかないと涼は思った。

「部下として、です。それ以上に何が？」

抑えようとしても抑えきれずに、涼の声が震えた。

「私が何も知らずにあなたを呼び出したとでも言うの？」

「なにか誤解されていませんか？」

「誤解？　なら、はっきり申し上げたほうがよろしいのかしら？」

英里の声はどんどん険を帯びていく。涼は自分が判断を誤ったことに気がついた。見え透いた嘘は火に油を注いだだけだった。そもそも涼は、簡単にシラを切れるほど修羅場をくぐってなどいない。

それに英里は解決を求めていなかった。たとえ後ろ指さされても、英里の話を聞くのではなく、さっさと話を打ち切って立ち去ればよかったと、涼は後悔していた。

涼はこれ以上話をしても無駄だと思い、濡れた前髪をかきあげて立ち上がろうとした。その時、エントランスから一哉が駆けてくるのが見えた。その瞬間、英里にどう思われようが、どうでもいいことのように思えた。涼は席を立った。

「奥様、私は課長の部下です。尊敬しています。でも、それ以上でも以下でもありません」

あくまで認めない涼を、英里が感情をむき出しにして睨みつけた。その視線を受け止めながら涼は頭を深く下げた。

かき回したのは自分だ。そのことへの責は負う。涼にとってそれは、女としての意地、プライドだった。

泣いて謝り、許しを乞うのも選択肢の一つには違いない。でも、それでは本気で矢上に恋をした自分を貶めて、さらには一哉に恋をした今の自分さえも傷つける行為であるように思えた。

「課長はこの会社に必要な人です。課長がキャリアを投げ捨てることのないよう、私にできることはします」

頭を下げたまま、涼はできる限り誠意を示した。痛いほど英里の視線を感じる。ついこの前まで、目の前の相手となり代わりたいと思っていたことが遠い昔のことのように感じられた。

様子を見ていた一哉が、タイミングを見て涼の肩に触れた。涼が頭を上げると、一哉が自分のTシャツを脱いでかぶせた。涼が「ありがとう」と囁くと、一哉は涼の腕をつかんで、この場を立ち去ろうとした。

すると、英里が席を立って、一哉を睨んだ。

「まだ話している途中なのよ、あなたどなた？」

一哉が口を開く前に、涼は一哉をかばうように一歩前に出た。一哉の隣でなら涼は平静になれた。

「申し訳ありません。私がお付き合いさせていただいている男性です。お話が終わるまで、席を外させますので」

英里の目に動揺の色が浮かんだ。英里は無言のまま、涼と一哉を交互に見比べた。その時、遠くからよく知る声が届いた。

「英里……なんで……」

外出先から帰ってきた矢上の声だった。英里の顔に怯えるような影が走る。

矢上はすぐに状況を理解したのだろう。大股で近づいてくると、「とりあえず上の会議室に……」と、目を伏せながら言った。

　涼は矢上の登場に安堵したせいか、脚が震え出した。思わず一哉の腕をつかんだ涼に、一哉はその手をそっと握りしめた。


　エレベーターを降りて職場に戻ると、原田や佐原の悲鳴にも似た声が聞こえた。上半身裸の一哉が私に寄り添っている異様な光景に、フロア内が凍りついた。当然の反応とはいえ、涼は逃げ出したい気持ちだった。矢上は一足先に英里を社内の目に触れないように会議室へ連れていった。

「え、なんで、なんで濡れて……ちょっとどうしたのよ⁉」

　千夏が涼に駆け寄った。

「うん、トラブった」

　涼は一哉を促して、会議室に行く前に給湯室へ向かった。

「ごめん、千夏。原田くんを給湯室に呼んでもらえる？」

「うん、待ってて」

　給湯室に着くと、涼はタオルを探し出してお湯に濡らした。一哉が別の濡れタオルで涼の服をはだけさせて、うなじや背中を拭いた。

　しばらくすると、ノックが聞こえて、片原が顔を出した。

「大丈夫か？」

「うん。片原くんまでごめんね」

　片原に背中を押されるようにして、原田が入ってきた。その表情は、一哉が殲滅ロザリオのヴォーカル、トーイと気づいているものだった。そのせいか、ひどく落ち着かない様子だった。

「原田くん。帰ろうとしてたところごめんね」

「いや、ぜ、全然いいっす！」

「悪いんだけど、彼のシャツを汚しちゃったから、なんか適当にこれで替え買ってきてもらえない？」

　涼は原田にお金を差し出した。トーイをよく知る原田なら、サイズ感もわかるだろうと思ってのお願いだ。

「りょ、りょーかいっす！」

　原田は緊張した様子でうなずくと、給湯室を飛び出していった。

「オレは大丈夫だけど」

「なに言ってんの。Tシャツ、ピンクだから思い切りシミってわかるよ」

　それを聞いて、戻ってきた千夏が心配そうに言葉をかける。

「涼だってそうじゃない……。その状態じゃ帰れないわ。そこの百貨店で私、適当に買ってくるね」

「なんとかなりそうだな、俺、残業でまだ社内にいるから、とりあえずなんか必要だったら呼んでくれ」

「……うん、助かる」

片原が出て行くと、給湯室は涼と一哉の二人だけになった。

「今日は迎えなかったんじゃないの？」

「ミーティング、早めに終わった。待ってりゃ通るだろーし」

一哉の声が二人きりの給湯室に響いた。涼は髪を丁寧に拭ってくれる一哉に、おとなしくされるがままになっている。

「外から涼が女と話してるの見えてた」

「そっか。丸見えだもんね……あそこ」

「……アイツの奥さん？」

一哉の出自のこともあって、涼は不倫の事実を隠し通したかったと思う一方で、一哉に隠すことが何もなくなったことにどこかで安堵していた。

涼が素直に認めると、一哉がタオルを洗いながら小さく口笛を吹いた。一哉の明るさに胸の奥が粟立った。涼が顔を上げると、一哉は穏やかな表情で涼を見下ろしていた。

「ごめんね、一哉くん。私……一哉くんのお母さんと同じことを……」

涼の言葉を遮るように一哉がキスで口を塞いだ。

「珈琲の味がする」楽しそうに笑って、一哉はまた涼の唇を塞いだ。「司から聞いたのかもしんねーけど、それとこれとは別。つか、終わったことじゃん」

一哉が濡れタオルで涼の顔を包みながら続けた。

「振り返んのキライだし、それにオレは涼が好きだし、涼もオレのこと好きじゃん？それでよくね？」

一哉はそう言うと、穏やかに微笑んだ。それを見た涼の頬を、堪えていた涙が伝い落ちた。

「あー、泣くなっつーの」

一哉が涼の涙を唇で受け取った。涼は一哉の腕をつかんで目を閉じた。やがて一哉が軽く涼の唇についばむようなキスをした。会社の給湯室でもどこでも、一哉がそばにいてキスしてくれるなら、どんなことになっても耐えられると涼は思った。

「私、仕事失っちゃうかも」

泣き笑いの顔で涼が言うと、一哉が慰めるように何度も頬に、額に、まぶたに、キスを降らせた。そして胸に抱き寄せて、優しく頭を叩いて慰めた。

「別に大丈夫だろ。オレらのマネージャーもあるし？」

「マネージャー？」

「今、司がやってるやつ」

「そっか、それもいーね……」

気が抜けて涼が笑った時、ドアのノック音がした。原田がだった。

「あの……高梨さん、すみません」

「あ、ごめんね、あった？」

「はい。でも、トーイさんがこれでいいのか……」

原田が紙袋を一哉に渡す。

「あざっす」

一哉はシンプルな薄い水色のシャツを取り出して羽織った。ピッタリだった。

涼が原田に「ありがとう」と笑顔を向けると、相変わらず落ち着かなげにしている。

その緊張している様子がおかしくて、涼は改めて一哉に原田を紹介した。

「一哉くん、会社の部下の原田くん。殲ロザの大ファンだよ」

「原田といいます。初めてライブ行った時、すっげ殲滅ロザリオに衝撃受けて、それからどハマりして……」

あたふたする原田を一哉は不思議そうに見つめた。そして何かおかしかったのか、小さく笑って「どーも」と礼を言った。それを見た原田が一瞬目を見開いた。

「男さえ籠絡（ろうらく）しそうっすよね……」

涼と一哉が思わず顔を見合わせて吹き出した。原田がハッとしたように口を押さえた。

「いやあの、なんつか、まあ芸能人にもなかなかいないない美形っすよね」

言われ慣れている一哉は、苦笑気味に礼を返した。

原田は視線をいったんうろつかせ、一哉の腕の中で肩を震わせて笑い続けていた涼を複雑そうな顔をして見た。

「つか、高梨さん、トーイといつから知り合いだったんすか？　というか……」

一番聞きたかったのはそこだったのだろう。

「うん、彼氏よ」

「マジっすか……」

「ごめんね、黙ってて」

あまりの衝撃に原田が絶句した。トーイと涼とでは年齢も離れているし、なにより涼はファン歴も浅い。まさか会社の先輩が殲滅ロザリオのヴォーカルと恋人同士とは想像しようもない。

「い、いつからっすか？　だってライブ一緒してたじゃないですか。そんな素振り一度も見せなかったっすよね？」

「あの、ほんと最近だし……私だって、なんで一哉くんと付き合えてるのか、いまだにわかっていないもの」

涼が笑いながら答えると、またノックの音がして、矢上が顔を出した。

「すまない、高梨。大丈夫か?」

「……はい」

自然と涼の顔がこわばった。それに気づいた一哉がさりげなく安心させるように涼の手を握りしめた。

「悪いが、ミーティングルームに来てくれないか。……彼氏も来てもらってかまわないから」

矢上の言葉に、涼は一哉を見上げた。一哉は大きくうなずいた。


ミーティングルームへ向かう廊下はひどく静かだった。残業している社員も通らず、涼は気づまりな空気に耐えていた。やがて矢上が〝空室〟の札を〝使用中〟に替えて、ミーティングルームに入った。けれども、その部屋に英里の姿はなかった。

「本当にすまなかった」矢上は振り返ると、深く頭を下げた。「まさか妻が君のところに直接行くとは思ってもいなかった」

「いえ……今、奥様は?」

「大事をとって医務室で休ませてる。気分が悪いらしい」

「大丈夫でしょうか……」

自分の存在が英里を追いつめたとわかっている涼は、心配そうな顔で矢上を見やった。

妊娠しているのに、それを押してまで涼のもとへ来たのだ。これで何かあったらと思うと涼はぞっとした。

「医務スタッフは、しばらく落ち着くまで横になっていれば問題ないと言ってた」

「そうですか……よかった」

心底安心したように息をついた涼に、矢上は呆れたような表情で笑った。

「そうやって自分の立場よりも、他人の心配をする君に私は惹かれたんだ」

矢上は窓のほうに歩み寄り、ブラインドの隙間から外を眺めた。

「つくづく俺は身勝手だな。自分は他人の気持ちなんておかまいなしなのに。君が戻らないと思った時は君に怒りを覚えて、怒りを抱えているはずの妻の気持ちは無視して……。それが今回の妻の行動を引き起こした。本当に申し訳ない」

矢上は振り返ると、改めて涼に深く頭を下げた。

「独立して会社を立ち上げると、奥様からうかがいました」

「一昨日、その話をしたばかりなんだ。この会社には役員の義父がいる。妻と別れるならこの会社にはいられないからな。ただ、会社を興すこと自体は、もともと考えていたことだった。その時、隣には妻ではなく、君がいてくれるといいとずっと思ってきた。その矢先……」

一哉と出会う前なら、間違いなく協力を申し出ただろうと、涼は思った。でも一哉の存在はもちろんのこと、妻である英里とも実際にかかわってしまった。英里の憔悴し切った横顔を見た今、そんな気持ちにはなれなかった。

もっと前におとなしく〝待ってる〟などと言わず、自分か英里かどちらか選べと矢上に迫ればよかったのかもしれない。どう足掻いても、誰も傷つかずに済む道などなかったことに、今更ながら涼は気づいた。

「普段はもの静かな女性だ。まさかこんな行動に出るとは思っていなかった」

「でも、こういうことが起こる可能性があることをしてきたんです。こんなつもりじゃなかったという結果になってしまいましたけど……今は少しホッとしています」

誰かを謀ったまま続ける恋は、爆弾を抱えているようなものだ。そのリスクをスリルに置き換えることができたら楽だったかもしれない。あるいはそのリスクすら受け止めて、想いを貫くことができたら違っていたかもしれないと涼は思った。

「彼に会って思い出したんです。空の下で、誰の目も気にせずに恋人でいられることの嬉しさや切なさを。日陰のままでいることが私にはもうできなかった」

一哉は押し黙ったまま、涼と矢上のやりとりを入り口脇の壁に寄りかかって見ていた。援護してくれるわけではないが、涼にはそこにいてくれるだけで十分だった。

「奥様は、私と課長の関係を確信していました。でも、私はシラを切り通しました。単なる上司と部下だと」

矢上がそこに帰着することを望んでいないことは表情から明らかだった。でも、涼と矢上は等しく傷みを引き受けなくてはならない。何より矢上には、英里だけでなくもう一つ責任を負うべき命があるのだ。

「奥様の身体、大事にしてあげてください。せっかく授かった命を、大人のエゴで振り回せないでしょう?」

父親も母親も揃っていながら、生まれた瞬間から祝福されない命は哀しすぎる。将来は無垢なままではいられない世界を生きていかなくてはならないのだから、生まれた時くらいは無条件に愛されてほしい。事情は違っても、一哉の背負ってきた苦しみを考えると、涼はそう祈らずにいられなかった。

「母親の精神状態も、お腹の子に影響するんです。だから大事にしてあげてください。私から最後のわがままです」

涼が深く頭を下げた。矢上の瞳は大切なものを失う悲しみにあふれていた。やがて、涼を見つめていた視線を弱々しくテーブルに移した。

涼が顔を上げると、ブラインドの向こうで、月が青白い光を放っているのが見えた。その光は矢上の蒼白な顔をさらに白く染め、渇いた虚しさをいっそう引き立てていた。

「わかった……と言うしかないんだろうな……」

矢上はそう言うと、涼の目を真っすぐに見た。涼が静かにうなずくと、小さく息を吐いて、次の瞬間にはいつもの強気な表情を作って見せた。

「だが、今日のことが上の耳に……義父の耳に入れば、君も俺もただでは済まない。俺はここを辞めるつもりでいたから、なんとでもするが、もしも君に何かあったら……」

「どんな処分も受け入れます。どんな形であれ社内の噂になるでしょうし、私と課長の関係を疑っていた人たちもいると聞いています。まだ転職できる年齢ですし……」

仕事を辞めることになるかもしれないという予感は、一哉と出会って矢上との関係が変わった時から涼の中にあった。今の仕事が嫌いなのではない。それでも、以前のような気持ちの張りは失われていた。涼には、いつのまにか仕事と矢上は同義のようになっていた。それはつまり仕事そのものの意義が曖昧になっていたことの証しでもあった。

「辞めるというのか？　それはダメだ！　あ、いや君を失うのは社としては惜しい。せめて、いや……」

一瞬声を荒げた後で言葉を絞り出した矢上は、そこで口をつぐんで頭を振った。

「しかし君は、君はそれでいいのか？」

唸るように呟いた矢上を見つめて、涼は大きくうなずいた。

「私には彼がいます。だから大丈夫です」

「……そうか……」

「本当にいろいろとご迷惑をおかけして申し訳ありませんでした。そして、ありがとうございました」

　もはや涼には、それ以上矢上に伝えるべき言葉は思い当たらなかった。いくら言葉を並べても、これからも矢上のことを忘れることはないだろうと、涼は思った。矢上は道を外すほど夢中になって、そして涼の中に深く跡を残した相手。でも、心の中にしまわなければ、先に進むことはできない。

　涼がもう一度深く頭を下げた。矢上はあきらめたようにかすかに笑った。

「妻が本当にすまないことをした。それに礼を言うのは俺のほうだ。……君と過ごした時間は、本当にかけがえのないものだった。ありがとう」

　矢上が片手を挙げた。いつもの別れと変わらない仕草だった。

　涼は矢上に背を向けて、ドアのそばに立つ一哉を見た。一哉はうなずくと、ドアを開けて涼を促した。

「涼！　待ってくれ、俺は……」

　その時、矢上が涼の腕をつかもうとして手を伸ばした。その手首を一哉がつかんで阻止した。

「オレが、彼女を守ります」

「……っ……君はまだ未成年だろう⁉」

「そうです。でも、涼を好きな気持ちはあんたにも負けないし、大人か子どもかなんてたいした問題じゃない。法的な意味なら時間の問題だし、少なくともそれだけ時間があれば、オレはあんたより涼を守る力を身につけてます」

「……すごい自信だな」

「それだけのことしてるんで」

きっぱりと言いのけて、一哉は矢上の手首を放した。そして涼に向きなおりかけて、もう一度矢上を振り向いた。

「オレ、あんたに感謝してます。あの日、涼が失恋したと誤解して酔っぱらってなきゃライブハウスに紛れ込まなかっただろうし、酔い潰れてなきゃ話のきっかけも持てなかっただろうし、そしたらオレ、涼に出会えてなかったから」

「君……」

「オレ、涼がいるから変われるんだ。だから、あんたには本当に感謝してる。ありがとうございました」

深々と頭を下げると一哉は、涼に歩み寄り、肩を抱いて部屋を出た。

「ありがとう……」

「礼を言われるほどのことしてねーし。ああでも言わねーと、あの未練残しまくりのおっさんもかわいそーだろ」

一哉は不適に笑うと、涼の頭を雑に抱え込んだ。

「それに涼は優しいからさ。なんだかんだで、揺れてたじゃん？　だいたい前に〝中途半端なことすんな〟ってオレを怒ったの、どこの誰だよ？」

　涼は綾花の一件を思い出した。ついこの間のことなのに、もう遠い昔の出来事のようだった。

「きちんと断たねーと、互いにきついだろ。辞めるっつったって、まだ間があんだしさ」

　たしかに一哉の言う通りだ。会社を辞めるにしても、まだしばらく顔を合わせなければならない。涼は「うん」と、素直に返事をした。

　すると、一哉がふいに離れたかと思うと、千夏の震える声がした。

「涼……会社、辞めちゃうの？」

　涼が前方を見ると、買ってきた服の袋を抱きしめるようにして千夏が呆然と立ち尽くしていた。その後ろで原田たちがうろたえるようにうつむいている。

　涼はかすかに微笑みながら小さくうなずいた。

「そんな……。だってあんなに頑張って、今のポジションだって、涼の実力があったからで……」

　気の強い千夏が泣いている。

「俺も、高梨さんにはいてほしいっす……」

　原田も涙目だった。

周りから何を言われても、会社に残るという選択肢もないわけではない。でも、涼が選びたいのは、今の会社で仕事を続けることではなかった。

ここまで無我夢中で走ってきて、やれることはやったという気がしていた。そして、目の前で泣いてくれる友人や慕ってくれる後輩ができたことだけで、涼には十分だった。なにより、いつも真っすぐに見つめてくれる恋人がいること、それが今の涼のすべてだった。

5　さようならの先に

矢上は朝から幹部に呼び出されたまま戻っていなかった。英里のことも、そして一哉のことさえも朝から話題に上っていた。見ていないようで人は見ている。パーティションで区切られていた場所で話をしていても、やはり目立っていたのだろう。

涼を見る目には、好奇や悪意、同情など、いろいろな感情が含まれていた。見世物にされているようで気分はよくなかったが、千夏や原田たちが一生懸命かばってくれているのが伝わってきて、涼は自分で覚悟していたより落ち着いていた。

「涼、ランチ行こ」

千夏が原田たちと共に涼を囲むようにして立った。涼はデスク周りを片づけて立ち上がった。不倫、妊娠、略奪、修羅場、誤解、被害者、少年、銀髪、不良、二股、三角関係……社内のどこにいようと、涼の耳に容赦ないひそひそ声が聞こえてきた。

一哉の普通の少年らしからぬ雰囲気も余計に噂を助長していた。言い返したい気持ちを涼はじっと堪えた。今は我慢して、落ち着くのを待つしかなかった。

千夏たちと社外に出ると、強い日差しが照りつけていた。

「なんか、トーイさんと高梨さんって、すごい組み合わせっすよね……」

「この前会った時はそんなこと思わなかったけど、裸だとタトゥーもあったし、なんか世界が違いすぎて同じ人間と思えなかったわよ」

まだ信じられないといった様子の原田の呟きに、千夏がうなずきながら続いた。

「たしかにすげー奴と付き合ってるのかもな……」

片原がしみじみと言うので、思わず涼は苦笑しながら聞き返した。

「何がすごいのよ？」

「いや、今思うとさ、この前帰りぎわに会っただろ？　課長もいた打ち合わせの帰りさ。あん時、彼氏、怒ってたろ？」

矢上が年齢を揶揄した時のことだ。片原にも聞こえていたらしい。

「半端なく殺気を感じたもんな。ただもんじゃねえだろって、俺らぶっちゃけビビってたよ。課長はどうか知らないけど。あの若さであんな凄味だせんの、相当修羅場くぐってんじゃないか？」

片原は人物評に定評がある。客先でも洞察力が抜きん出ていて重宝されている。ふと涼は一哉の印象を尋ねてみたくなった。

「片原くんから見て、彼……どう？」

「ちょっとしか見てないからなぁ。ただ、シビアな場数踏んでる人間しか出せないオーラをまとってる雰囲気はあると思うけど……。まだ危うそうな感じもあるな。ま、だからってどうってことないよ。なにより若いしこれからだろ。そう考えると年のわりに懐深そうだし、優しいんだろ？」

涼はこれまでの一哉を思い出してうなずいた。

「この前のコーヒーぶっかけ事件での対応、男気あったじゃん。高梨のこと守るのは自分だって、言葉でも行動でも示してたし。同じ土俵にいたらあんまり戦いたくない相手だよ。音楽だけで食えるのか、そっち方面は疎いからよくわからないけど、人間的にはうちの小室よりはるかにいいよ。タトゥーだの、見た目はすげーけどな」

同じフロアで働く同期の小室の名前が急に飛び出して、涼は思わず笑った。

「今度紹介してよ。俺、意外にああいう奴、好きなんだ」

「じゃあさ、このメンツでライブ行かない？」

黙って話を聞いていた千夏が提案した。

「いいですね、聴いてみたい！」

「きっと千夏先輩も佐原もやられますよ。歌うとすげーし、歌めっちゃうまいし、シャウトもするし、煽りうまいし、エロいし。なにより他のメンバーも……」

「も？」

「イケメン揃い！」

「絶対行くわー」

千夏と佐原がはしゃぎ始めた様子をそばで見守りながら、涼はこんな自分を見放さないで笑顔をくれる仲間の優しさに胸の奥が温かくなった。

殲滅ロザリオのことで盛り上がりながら会社へ戻ると、涼を待っていたかのように、矢上がゆっくり立ち上がった。

「高梨、ちょっといいか」

涼は自分を勇気づけながら、矢上の後に従った。みんなの視線が痛い。それをはね返すように背筋を伸ばした。

ミーティングルームに入ると、矢上が背を向けたまま口を開いた。

「あれから妻と話をした。納得したという感じでもなかったが、それでもわかってくれたと思う。君に彼氏がいるのを見たのも、少しは疑いを晴らす材料になったのかもしれない。俺としても彼女の気持ちをもう少し考えてみようと思う」

矢上はそこまで言うと、涼を振り返った。感情の読み取れない表情だった。

「それでさっきまで幹部連中に事情説明に行ってきた。その場で通達を申し渡された。君はチーフを解任、ヒラへの降格扱いだ。私は処分保留。君だけというのはおかしな話だが……」

涼は黙って矢上を見た。予想はしていた。

「ただ君についても、ちょっとした誤解ということで、処分を下すまでもないだろうというのが意見の大半だった。英里については妊娠初期の情緒不安定だろうという見方もあったし、君の仕事への姿勢を認めている人もいた。ただ義父の強硬な姿勢が崩れなくて、ほぼ彼を納得させるための処分に近い」

涼はどんな処分が下されても従う覚悟を決めていた。それでもこれまでのキャリアのことを考えれば、気持ちがささくれだった。

「わかりました」

「力不足ですまない。君の力ならすぐにチーフに返り咲けると思う。……大丈夫か？」

「はい、大丈夫です」

「片原がチーフに昇格すると思う。先に戻って、今後の業務内容の引き継ぎに向けて整理しておいてほしい」

　返事をしてミーティングルームを出ると、ふいに涼の身体から力が抜けた。自分で考えていたより、ずっと落ち込んでいた。

　涼は自分のデスクへ向かった。すれ違う社員の視線が痛かった。廊下がひどく長く感じられた。

　ヒラに戻るということはつまり、手がけているプロジェクトから中途で手を引かざるを得ないということだ。片原なら同期として共に切磋琢磨してきた仲で、彼の実力なら申し分ないと涼も思った。ただ空しかった。理屈ではわかっていても、感情がついていかなかった。

　デスクに戻る足が重く、ため息をついた時、涼のスマホが鳴った。一哉からだった。

「どうしたの？　こんな時間に」

「うん。決まった！」

　珍しく一哉の声が弾んでいる。エレベーターホールのほうに移動しながら、涼は聞き返した。

「決まった？」

「今のインディーズから移って、メジャーデビューが決まった」

　一哉の嬉しそうな声に、涼の落ち込んでいた気分が一気に晴れた。

「メジャーって、え、ホント⁉　いつのまに？」

「うん、司がずっと動いてて。今、レーベルと最終調整してる」

「すごい、一哉くん！」

「うん。でさ、この前のマネージャーの話、覚えてる？　司、医者の仕事もあるから激忙しくて、しばらくでもいーからお願いできるならって」

「ええっ⁉　だって、音楽業界のこと何も知らないのに？」

「フォローするって。あっ、ちょっと待って……今行くから！」

司らしき声が一哉を呼んでいるのが電話越しに聞こえた。一哉は直後に「考えておいて」と言って、あっさり電話を切ってしまった。

通話が切れたスマホの画面を、涼は呆然と眺めていた。ヒラに戻り、そして矢上との関係が終わった今、いい機会なのかもしれないと思った。

フロアに戻ると、千夏と原田が心配そうに近寄ってきた。涼は「後で話すから」と、伝えるとデスクに座った。周りの目を気にする余裕もなく、一哉の話が頭の中をめぐる。気持ちが大きく揺れていた。

今もフロアに入ってきた時、涼を見てひそひそ話をする声が聞こえていた。もう一度モチベーションを上げて、ここでの仕事に取り組むことができるのか、涼には疑問だった。続けられる自信がなくなっていた。

好きだった仕事がいつのまにか矢上といるための口実になっていたことに気づいてしまった今ではなおさらだった。

涼が目を開けると、千夏たち会社のメンバーと司がカウンターに座っているのがぼんやり見えた。迎えにきた一哉を巻き込んで、千夏たちにバーに強引に飲みに連れていかれたのを思い出した。

酔いに任せてすべて吐き出せとしたたかに飲まされ、愚痴った覚えはあった。結局、処分を受けるのは男よりも女であり、痛い目を見るのも女だと千夏や佐原が騒ぎ、原田や片原が縮こまっていたのもおぼろげながら覚えている。

軽く頭を振って身体を起こそうとした時、涼の視界が陰った。

「ペースガン無視で飲みすぎ」

上から一哉がのぞき込んでいた。肩をやんわり押さえつけられ、一哉に膝枕されていたことに気づく。

「潰れんの早すぎ」

「ごめん」

一哉が差し出したグラスを受け取り、涼は一息に水を飲み干した。

「ったく、未成年を連れてきたあげく、先に潰れるってありえねー……」

思えば、メジャーに移るという喜ばしい話があった日なのに、一哉に膝枕させていた。不甲斐ない自分に涼はため息をつきながら再度謝った。

「ま、いーけど、代わりに……」一哉が空いた涼のグラスを目の前のテーブルに置くと、ゆっくり顔を近づけた。「迷惑料ちょーだい」

「ちょ、ちょっと?」

意地悪な笑みを浮かべた一哉が涼に覆いかぶさった。涼はその胸を押しやったものの、一哉は腕をつかんで涼の動きを封じ、耳に口を寄せた。

「やっぱ、酔った涼、すっげえそそる……」

囁かれた吐息交じりの言葉に、涼の背筋に甘い戦慄が走った。

「ダ、ダメだって」

「ダメ?」

「お願い、みんないるから……っ」

「お願い?」

「一哉くん、ちゃんと聞いて」

「聞いてるよ?」

二人は半個室のボックス席にいて、カウンターにいるみんなからは死角になっていた。完全にからかいモードに入っている一哉とのこんなシーンを気づかれでもしたら、しばらくは顔を合わせられない。

必死で抵抗する涼をよそに、一哉が耳をひと舐めした。思わず小さく悲鳴を上げかけて涼は口をつぐんだ。腕が固定されて、どうにもできない。

「一哉くん、離れて……。恥ずかしいから！」

一哉は身体の重みで涼をしっかり拘束していて、解放する気はなさそうだ。

「二人きりで祝えなかった、そのお返し」

耳元で楽しげに一哉が笑った。

なんとか抜け出そうとする涼の耳たぶを、一哉が甘噛みして、耳の中に舌をしのばせた。官能的な衝動が閃くように涼の呼吸を止める。一哉の指先がトップスの下に潜り込み、肌がよからぬ期待に粟立つ。

「もう……っ、いい加減……！」

やめなさい！　と、強く言おうとした瞬間、鈍い音が響いた。頭を押さえて一哉が涼から離れた。その隙に涼は身体を起こした。

通路に、怒りを抑え、ひきつった笑みを見せる司が腕を組んで仁王立ちしていた。司の後ろから、いつのまにかみんなものぞいていた。

「手加減なしはねーだろ……！」一哉がうめきながら声を絞り出した。

「手加減なんてしません。もう少し場をわきまえなさい！　場を‼」

「じゅーぶん、わきまえてんだろ……」

「涼さんが泣きそうな顔してるでしょう。こうサカり続けるなら、スタジオに缶詰にしますよ」

サカるという言葉に思わず反応して、涼の顔が赤くなった。

「なんか、二人のアレ、どんなか見えちゃった気がするわ……」

呆れた様子で千夏が肩をすくめ、片原が苦笑いしていた。原田や佐原はさすがに真っ赤な顔で横を向いている。涼は羞恥心のあまり、乱れた服を整えながらうつむいた。

「涼さん、大丈夫ですか？」

「い、いえ。私こそ酔っぱらっちゃったのが悪くて……」

「酒飲めなきゃ他にやることねーじゃん、オレ……」

「だから涼さんの看病を頼んだんでしょう」

「つったって、ヤりたくなるもんは仕方ねーだろ。じゃなきゃ酒くれっつーの」

「はいはい、戯言はそこまでにして、ぼちぼちお開きにしましょうか。このままだと一哉が暴走しそうなので」

ひたすら涼は縮こまりながら謝った。一哉にはもう少し自制心というものを覚えてもらいたいと心底願った。

「涼さんが謝ることじゃないですよ」

ふと涼は、司がいるのにマネージャーの件を何も話してないことに気づいた。これでは、ただ管を巻いて潰れた酔っ払い以外の何者でもない。その上、痴態までさらしそうだったことに、涼はひたすら恐縮しながら痛むこめかみを押さえた。

一哉はようやく起き上がると、涼の上着とバッグを持って司に話しかけた。司は楽しげに笑って車のキーを手渡すと、一哉は外へ出て行った。

「千夏、ごめんね。途中で潰れて」

「いいって。おかげで殲滅ロザリオのことたくさん聞けたし、チケットゲットできたし」

「今度のライブに招待してもらったんです、ヨシとヤスのぶんまでっすよ。マジ嬉しいっす！」

涼が二人に微笑むと、千夏がふと真顔になった。

「これからのこと……どうするのか、よく考えればいいよ」

「そうっす。俺も高梨さんの味方です」

「俺らは高梨の選ぶ道を応援するから。一番自分にとって幸せだと思える道を選べばいいよ。高梨の人生は高梨のものなんだからな」

記憶は曖昧だったが、涼は自分がお酒の力を借りて、マネージャーの道とヒラの道で悩んでいることを話したのだと理解した。

「それに、一哉くんといると涼、振り回されながらも幸せそうだし」

「そうっすね。さっきはさすがに俺も当てられました。基本トーイってエロいじゃないすか。だから同性から見ても、なんつうかこう……魔性の男？」

「男じゃなくて、魔性の少年だよなー」

「うっわ、あんたたちソレ言ってて恥ずかしくない？」

ふざけ合う四人が改めて涼に手を振ってバーを出て行った。同時に一哉が入れ違いで戻ってきた。すれ違いざま、千夏が一哉を引き止めて話しかけている。それに答えながら、一哉が照れくさそうにうなずいて見送った。

会社のみんなが帰ると、ソファに寄りかかっていた涼の所に一哉が戻ってきた。

「へろへろじゃん」

「うん。疲れた」

「しゃーねー……。司の車、そこに回してあるから」

一哉が腕を取って涼を立たせた。涼はそのまま抱えられるようにしてバーを出た。こんなになるまで飲んだのは、本当に久しぶりだった。

「千夏になんか言われた？」

「あー。まあ……。本人に聞ーて？」

「……ケチ」

「ちゃんと歩けっての」

　一哉が車の後部座席のドアを開けた。自分は助手席に乗り込み、ほどなくして司が運転席に乗った。ゆっくり動き出した車の中で、一哉はくつろいだ様子で司と音楽の話を始めた。

　涼は流れる景色を酔った頭で眺めた。走り出した車の窓に、夜の都会の景色が虹色のネオンを帯のように引きずりながら流れていく。

　どの道を選ぶのが自分にとって幸せなのか、涼にはわからなかった。ただ、それがわかる人など、どこにもいないようにも思えた。みんな今という瞬間を、二度とない想いを抱えながら、懸命に生きている。ゴールに幸せが待っているかどうかわからなくても、人は歩いて、走って、休んで、泣いて、怒って、笑ってを繰り返し、その人だけの幸せを求め続けるものだ。

　大切なことは、どんな時でも目をつぶらないことだと涼は思った。岐路に立たされた時、かすかに生まれた違和感を見て見ぬ振りすれば、いつしか失われたものの大きさに怯える日が来るだろう。

　いつのまにか街の灯りが滲んでいた。涼はオレンジ色の淡く柔らかい光に抱かれ、じんわりと胸の奥で温もりを感じながら車に揺られていた。

　一哉のマンションが見えた時には、涼の中で一つの答えが出ていた。

「一哉くん、司さん。マネージャーの件、しばらくの間だけかもしれないけど、やらせてもらえますか?」

一哉が助手席から勢いよく振り返った。車はゆっくりとマンションのエントランスの前で止まった。

「司、いーよな?」

「うん。逆にありがたいです。さすがに本業と兼務ではかなりキツい状態でしたので」

「業界のことが何もわからないから、それだけが気がかりですけど」

「もちろん、いきなり一人ですべてやってもらおうとは思っていません。初めは私のアシスタント的な立場からお願いします」

改めて涼がお礼を伝えると、司が柔和に微笑んだ。涼に自信があるわけではなかった。でも、それはこれからつけていけばいいことだ。

涼は自分らしいペースで、そして一哉の隣で新たな道を行くことを決めた。

6　月の光の祈り

涼が重い身体をベッドに投げ出すと、一哉がベッドをきしませるようにしてへりに腰掛けた。つぶっていた目を開けた涼に、一哉が身体を傾ける。触れるくらいの優しいキスに、胸の奥に同じ優しさの温もりが灯った。

「マネージャーの件、サンキュ」

「お礼を言うのは私のほう。普通なら転職活動しなきゃならないところなのに、一哉くんがいてくれたから……」

新しい仕事のことだけじゃない。目の前の少年がいつだってそばにいて、いろんなことを与えてくれた。

涼はもう一度、一哉にキスをねだった。今は甘くて美味しいお菓子のようなキスが欲しかった。いいのかと問うような意地悪げな光を瞳に宿して、一哉が片足をベッドに上げて顔を近づけた。

触れ合うだけのキスから、より深いキスへ。甘噛みして、窓の向こうから届く月明かりを頼りに、何度も何度もキスを交わした。

「涼、お酒の味する……」

一哉は吐息交じりに漏らすと、頬に、顎に、首にと唇を移していった。

「ごめん……」

「謝ってばっか」

一哉は密やかに笑うと、ベッドを猥雑にきしませて、上に着ているTシャツを脱いだ。

銀色の髪が窓の向こうの月の光に溶けている。どこかくすんだ夜空の紺青の色が、一哉のシャープな身体の輪郭を際立たせていた。

一哉は涼の手首をベッドに押さえつけて、上から見下ろした。とぐろを巻いたタトゥーの蛇も涼を狙っているように見える。その時になって涼は一哉が甘いのではなく、自分が甘く淫らに誘っていることに気づいた。

一哉が涼の衿のリボンをするりと解いて、ブラウスのボタンを外していく。外気にさらされた胸元がひんやりとした。でも、身体の内部は激しく熱で荒れているようだった。その熱をもてあまして、涼は一哉の素肌の肩のラインを、その形を覚えるように指先でたどった。そのまま蛇の姿をなぞっていくと、身をよじった一哉が涼の手を唇に引き寄せて、指と指との間を卑猥に舐め上げた。

「メジャーデビューのお祝い、くれない？」

一哉が月の光の中で、物欲しそうな顔をした。涼は喘ぎながらうなずいた。

「マジでくれる？」

「ん、今度、買いにいこ？」

「物じゃねーよ……。オレがほしーもの、涼はわかってない」

一哉がもどかしげに涼を見つめた。

「オレ、今までの女と違って、涼のことマジだから」

一哉の表情は真剣だった。

「うん、わかってるよ」

「本当にわかってる？　本気で、オレが涼のことをほしいって思ってる、その意味？」

どこか鬼気迫る一哉の言葉に涼の喉が鳴った。

「涼がオレらのとこ……この業界に来るって決めてくれた。ならオレも、もうなんも遠慮することねーじゃん。なら……オレは、涼の全部がほしい。オレだけのものにする」

一哉の抑えた声が逆にその底に渦巻く感情の高ぶりを物語っていた。

「オレ、涼が好きだ。すっげえ好き。……なのに、こうやって自分の気持ちをぶつけることしかできないし、独占欲むきだしで、どーしよーもねーガキだってわかってる。でも……」

一哉は自分の気持ちを吐露すると、そのまま涼の唇を掠め取って首に顔をうずめた。一哉の好きという一途な想いが涼に流れ込んできて、涼の中の荒れ狂う熱は切なさに姿を変え、そして涙になってこぼれ落ちた。

「でも、涼……ずっと、オレだけのものでいて。オレのほしーものは、ただ涼なんだ」

涼は背中がきしむほどに強く抱きしめられた。新鮮な空気を求めるように浅く呼吸を繰り返すのは、苦しさからだけではなかった。子宮の奥底から欲する、女としての血が涼の中でたぎっていた。

涼は、もはや他の誰も見えないほど自分も一哉に溺れていることを伝えたかった。でも、それが簡単なことでないことはわかっている。それぞれの心の内を完全にわかり合うことなどできるはずがない。愛するほど嫉妬心にさいなまれ、信じようとするほど疑いも生まれる。だからこそ、涼は一哉に言葉を紡ぎ続け、愛を身体で示していきたいと思った。

慕る想いや熱や欲情に急き立てられるように、涼は一哉の滑らかな背中をさすりながら言った。

「そばにいるから。一哉くんが私から離れない限り」

一哉は濡れた光を瞳にたたえたまま小さくうなずき、指先で残っていた涼のキャミソールをはだけさせた。そして一哉の唇が痛みを伴うほどの強さで、肩口から首元へ、首元から鎖骨へ、鎖骨から胸元へと、赤い印をつけながら下りていく。

「涼がいてくれるだけで、なんにでもなれる……」

暗い海底に一人取り残されているような寂しげな声だった。涼は一哉は渇いているのだと思った。トーイの声はいつでも刹那的に飢えていた。蛇のタトゥーが獲物を狙い続けているように、その飢えは癒されることがないのかもしれない。

もしそれが一哉の核なら、自分のありったけで飢えが満たされるまで抱きしめてあげたい――。そう涼は思った。

「私の全部、一哉くんのものだよ。一哉くんは私のものだよ……」

一哉の半泣き半笑いの表情がくしゃりと崩れて、青白く光るような頬を一筋の涙が伝っていった。愛しくて、美しくて、そして残酷なまでに哀しくてたまらない。この少年に涼は、魂の底まで囚われていた。

「一哉くん、好き。一哉くんが思うよりも、ずっとずっと、好き……」

涼は何度も一哉の名前を呼んだ。そして伝え続けた。「私を全部あげるから。私がすべて与えるから泣かないで」と。

命をつなぐはずの行為に、身を切りつけられるほどの痛みが伴う。でもそれが、今の二人の真実だった。太陽の激しい熱さよりも、月の下の冷たさの中で、心を寄せ合い、肌を重ね合うことが二人には必要だった。


欲望の炎を身にまとって涼を貪り、そして何度か果てると、一哉は涼を腕の中に閉じ込めたまま深い眠りに落ちていった。

狂おしく一哉を求め、求められた涼の身体は酒とセックスで、泥のような疲労感に襲われていた。一哉の言葉に尋常ではないものを感じながら、それでも一哉のそばから離れることなど、涼には考えられなかった。心を通じ合わせたそばから、一抹の不安と、泣いてしまいたい幸福感に包まれていた。

涼は月に照らされた陰のある一哉の横顔を見つめた。汗ばんだ銀色の髪が目にかかっているのをそっとかき上げた。タトゥーの蛇もまた、涼を食らいつくして今は静かに呼吸しているようだ。

命をつなげ合う時間は生きるための細胞をすべて解放して、生の淵にいながら死へと近づいている行為でもあるように涼には思えた。どこかグロテスクな交わりの先に、いつか向き合わなくてはならない現実が待ち受けているかもしれない。でも、その時は、この年下の恋人の道標となって消えてもかまわない。それまでの間、涼は一哉のために夜を照らし続けたいと思った。

月の光が作るシーツの暗がりに身を寄せるようにして、涼は一哉の頬をなぞった。そして、大きな窓から射し込む月の光に深く祈った。

この真っ白な無機質の部屋に灯す一条の光のように、一哉が求めてくれる限り、ただひたむきに、一哉の母であり、姉であり、妹であり、そして唯一の女でありたいと涼は願った。

終章　月下の白い部屋

それから一週間と経たないうちに、涼は五年以上勤めた会社へ辞表を出した。矢上はそれを黙って受け取った。密な時間を過ごした相手でも、どこか薄い壁を挟んだ距離を感じながら深く頭を下げた。その瞬間の悲嘆にくれた矢上の目を、涼はたぶん忘れることはないだろう。

辞表を提出した時、涙にくれる千夏は別にして、他の社員たちは労いや慰めの声をかけにきてくれた。小室たちが音頭を取って進めるというお決まりの送別会も「ありがとう」と、笑顔でお礼を言った。

涼の頭に五年間の出来事が嫌でも思い出された。上司や先輩に注意を受けたことも、ミスをして得意先に謝罪に行ったこともあった。商談がまとまった時の達成感や、幹部から褒賞を受けた時の喜び、たわいない同僚との飲みやおしゃべり……。そのすべてのことが涼の身になって次へと繋がっていく。

ちょうどその日は、一哉たちがライブをしている金曜だった。

桜で知られる目黒川沿いの人気イタリアン店で開かれた部署を挙げての送別会は、たくさんの社員が顔を揃えた。軽く挨拶を終えた涼の席には、入れ替わり立ち替わり見知った社員たちが慰労の言葉とともにお酒を注ぎにきた。

「高梨が辞めるなんてなー。飲みに誘おうとチャンスを狙ってた矢先にさー」

「しかし、もったいないよな。会社としては大損失だって」

「だよなー。俺にとっても損失だよ」

「うわ、こんなとこで告るなよ、お前」

最後という気安さがあるのか、同期や先輩の男性社員から、涼が思う以上に声がかかった。中には口説こうとする輩はいるものの、和やかに時間は過ぎていった。

「でもホント、これからどうするの？　もう次、決まってるの？」

周りの男たちを追いやるようにして女の先輩や同僚が輪に加わった。

「しばらくはゆっくりしようと思ってる。有休もだいぶ溜まってるし」

「じゃあ、その間、俺と飲みましょう！　せっかく出会えたこの縁を」

「懲りないわねー。高梨さんにはすっごくカワイイ彼氏がいるんだから。ね？」

女性社員の目的は、やっぱり一哉のことだ。

「あ、噂の年下彼氏？」

「高梨さん、彼氏って、下でときどき待っててくれる子？」

「うん、恥ずかしいんだけど」

「えーやっぱり！　すっごい美形なんですよね。モデルとかやってるんですか？」

「え、あいつ二十歳前っぽくない？」

「年の差とか、最近は関係ないでしょ。私も旦那と年の差あるけど、この年齢とかになっちゃうとあんまり関係ないよ」

　みんなが入り乱れて、一哉のことを話題にした。酒が入っているせいで、誰も彼も一番気になっていたらしいことを突いてくる。どう答えるか悩んでいた涼に、大きな声が頭上から降ってきた。

「みなさん！　テキトーなこと言わないでください。あのお方は、殲滅ロザリオのヴォーカルっす！　はいはい、先輩そこどいてー」

　なぜか原田が涼の隣に陣取るように割り込んできて、酔っぱらった勢いか、周りに向かって偉そうに言った。先輩の男性社員の非難にも怯まず、原田は興味津々な周りの女性陣に向きなおった。

「殲滅ロザリオって、たしかロックバンドだっけ？　メジャーデビューするとか……」

「お、わかってますね！　今話題の、そしてこれから大注目のロックバンドです。聞いたからにはちゃんとチェックしてくださいねー」

「殲滅ロザリオのトーイって、かなり注目されている子だよね」

「雑誌とか、写真見るとすっごい美少年なの、末恐ろしい感じの」

トーイのことでいろいろ盛り上がり始めた。話題がそれた涼は目の前のビールを飲み干すと、静かに立ち上がった。時計を見ると、そろそろライブ後の打ち上げに入っている時間だった。

涼は周りの上司陣と談笑している矢上に近づいた。気配に気づいた矢上が顔を上げた。

涼は一歩下がった所に腰を下ろした。

「課長、本当にお世話になりました」

「いや、こちらこそ……。優秀な君がいなくなると思うと……」

周りの目もあって、言葉は少ない。

「本当に課長には、いろいろと勉強させていただきました。早くから大きな仕事を任せていただいて、それも課長が認めてくださったおかげです」

「それは、もともと高梨が持つ資質のおかげだよ。俺は何もしてないし、してあげられなかったと言うべきかもしれないが……。次の職は、バンドのマネージャーとか？」

「まだそこまでは。しばらくはアシスタントマネージャーという感じで手伝いながら、今後どうするか決めようと思っています」

「そうか。君ならどこにいってもうまくやれるだろう」

矢上の心が今の涼にないのがわかった。矢上は涼に、過去の涼の姿を重ねていた。

「……元気で」

矢上は涼に右手を差し出した。涼はその手を素直に取って、別れの握手をした。

「課長もお元気で。本当にお世話になりました。ありがとうございました」

いつか重なることをあれほど願った道が、今途切れた。嵐が過ぎた後のような静けさだった。涼は手を離すと、また賑やかな原田たちの輪へと戻った。

会がお開きになって店を出ると、空には雲がかかっていた。薄い雲の隙間からは、月がときどき顔を出している。

白とグリーンの爽やかな花束を受け取った涼は、改めて別れの挨拶をした。上司たちが大きくうなずいて手を挙げた。同僚たちは「また連絡する」と言葉をかけた。

その中に矢上の姿はなかった。みんなにもみくちゃにされるような状況で、涼もまた気にしている余裕はなかった。

「本当にお世話になりました、みなさん、ありがとうございました。お元気で」

酒が入っているぶん、涼は陽気にもう一度深くお辞儀をした。自分を育ててくれた会社との最後の別れだった。

「このまま帰るの、もったいないっす！」

千夏たちを巻き込むようにして、原田が大声を上げた。

「じゃあ、ハシゴするか？」

「あたたた、片原先輩とサシじゃなくて、高梨さんもっすー」

苦笑しながら片原が原田の首を抱き込んで、乱暴にかわいがっている。チームの仲の良さを目にして、涼の胸に寂しさがよぎった。ただその光景は新しい道へ進む涼を安心させるものでもあった。

原田たちを放っておいて、涼は近づいてきた千夏に歩み寄った。千夏は涙ぐんでいた。

「この後は？　原田たちとハシゴするなら、私も一緒するけど」

「うん、最後だからとは思うんだけど、ちょっと迷ってる」

「じゃあ、あっ〝迷ってる〟って……ヒマないみたいね」

千夏の言葉と同時にざわめきが聞こえてきて、涼は顔を上げた。片原がにやつきながら顎で涼の背後を示した。振り返ると、少し離れた所に見知った大型のワンボックスカーが停まっていた。長い脚を軽く交差させて、車に寄りかかった一哉がこちらを見ていた。送別会の店は伝えてあったが、迎えには来ないはずだった。

「涼の居場所はもう向こうだね……」

千夏がどこか寂しそうに笑い、軽く涼の背中を押した。

「私のことは大丈夫だよ。みんなだって飲みたいだけなんだろうし。それに、私とはプライベートでもまた会えるでしょ？」

「ライブもあるしね……。ありがとう、千夏」

「こちらこそ、お疲れさま。またね」

千夏をはじめ、会社の仲間に軽く頭を下げ、涼は車に向かって歩き出した。

川から涼しい夜風が吹き上げ、並木の下に佇む一哉の髪を揺らした。その様がとても美しくて、それが自分の恋する年下の少年だとは思えないほどだった。

木々の葉の間から、雲間の月が見え隠れしている。

風が涼の背中を押しているようだ。耳をくすぐる葉擦れの音が心地いい。

パーカーのポケットに手を突っ込んだまま、一哉が車から身体を起こして涼に近づいてきた。首に掛けたままのヘッドホンからは、荒削りの音が聞こえている。

「オシゴト、お疲れさま。つか、餞別すっげー量。うわ、ケー番とかあるし」

一哉が涼の手から花束や餞別をいくつか受け取り、もう一方の腕を腰に回した。

「新曲？」

「あたり。作詞しろってさっき渡された」

二人の背後から指笛やからかいの声が聞こえてきた。驚いた一哉が後方を見やった。涼も振り返ると、「元気で」と大きな声が届いた。手を振るみんなに、涼も振り返した。

そんな涼を見ていた一哉が、ポツリと呟いた。

「夢……か」

「夢？　なぜ？」

涼が聞き返しても、一哉は微笑むだけだった。そして涼の髪を優しく梳いて、その流れでシュシュを外した。はらりと落ちた髪が吹いてきた風に煽られて舞い上がった。

「涼は誰にも渡さないから」

一哉が耳たぶを軽く掠めるようにして囁いた。涼は思わず声を漏らしそうになって慌てて口を抑えた。文句の一つでも言おうと思って涼が一哉を見上げると、その瞳は月の光にきらめき、まるで夜行性の動物のような野性味を放っていた。一瞬にして涼は何も言えなくなり、一哉に気づかれぬように息を吐いて、身体中を駆け巡る熱を外へ逃がした。

背後の男性陣を意識した一哉の独占欲は、少年の顔をしながら雄の匂いを感じさせるものだった。それは涼の女としての本能と母性の二つを刺激した。その刺激は一度知ったらもう離れることのできない中毒性のある究極の甘さだった。

司が運転席から顔を出して二人を促した。そばまで行くと、三列目の後部座席にHとセリも乗っていて、涼に「お疲れ」と労いの言葉をかけた。助手席からは陣が身を乗り出すようにして笑顔を見せた。

「こいつさ、涼ちゃんが会社の男に口説かれてないか心配しちゃってさー」

「はー？　ちげーよ！　荷物のこと考えて」

涼の荷物を二列目の座席に入れていた一哉が慌てたように陣の肩を小突いた。

「素直じゃないよねー、トーイは」

「そうそう、絶対口説かれる言うて、車わざわざ回させてんねん」

「黙れっての」

バンドメンバーの陽気な声が響いた。涼を屈託なく受け入れてくれる新しい場所だ。

「嬉しい」

涼はばつが悪そうに拗ねている一哉に素直に気持ちを伝えた。一哉ははにかみながら小さくうなずくと、涼の首筋にそっと指先を這わせるように触れた。その優しい仕草が、涼の胸の深くに穏やかな温もりを灯した。

いつのまにか雲は消え、月が冴え冴えとこの世界をあまねく照らしていた。新しい日々の始まりを祝福するように。

「帰ろ」

「うん、帰ろう」

月にさえ手が届きそうな、二人のあの白い部屋へ。

完

この作品はフィクションで、実在する個人、団体等とは
一切関係ありません。
未成年者の飲酒、喫煙は法律で禁止されています。

Lovey-Dovey 症候群（シンドローム）

発行――――●二〇一六年二月二十五日　初版第一刷

著者――――●ゴトウユカコ

発行者―――●須藤幸太郎

発行所―――◉株式会社三交社
〒一一〇―〇〇一六
東京都台東区台東四―二〇―九
大仙柴田ビル二階
TEL 〇三（五八二六）四四二四
FAX 〇三（五八二六）四四二五
URL：www.sanko-sha.com

本文組版――●softmachine

印刷・製本――●シナノ書籍印刷株式会社

装丁――――●ビーニーズデザイン　野村道子

Printed in Japan

ISBN978-4-87919-268-4

エブリスタWOMAN

EW-001
CONTRACT～契約～
中島梨里緒

信じていた男に裏切られ、落ちて行く私…そして、あの夜…私は大嫌いなあの人に300万円で買われた…

EW-002
秘書と野獣
西島朱音

営業課事務から、いきなり社長秘書に。普通に生きて、普通に彼氏と結婚して、幸せに暮らしていくんだとばかり思っていた……。

EW-003
奪う女、誘う女、待つ女。
福元ユウコ

元同級生、29歳の三人が10年ぶりに再会した。人生観が全く異なる「アラサー」女たちが、複雑に絡まり、縺れていく。

EW-004
甘いKiss… 苦いKiss
柏木さくら

私の理性が「危険だ」と警告する。でも、本能が「抱かれてみたい」と身体が疼く…危険な恋の行方は…甘い？それとも苦い？

EW-005
摂氏100℃の微熱
野咲あや

子供の頃に震災を経験し、心に深い傷を負った女性と、恋を失ったばかりの東京から来た青年のもどかしくもピュアな恋愛模様。

EW-006
媚薬
来栖みあ

自分を着飾る事だけを考えていたら、恋なんかとっくの昔にライフスタイルから消え去っていた。壊れた恋愛メーターは再び動き出すのか？

EW-007
あなたが私にくれたもの
橘いろか

「おまえがほしい」　恋から遠ざかっていた【仕事女】を目覚めさせたのは…。三年ぶりに恋をした【仕事女】に迫る悪魔達。

エブリスタWOMAN

EW-008
不器用な唇
白石さよ

私を虜にする冷徹な瞳。素直になれない二度目の社内恋愛。だってそれは、見たくないものまで見えてしまうから……。

EW-009
Perfect Crime
中島梨里緒

いつも無表情で何を考えているか全く分からない男、東雲遥人。彼の本当の目的に気付いた時、もう一つの罠が動き出す。

EW-010
Two for Three
秋ヶ瀬仁菜

彼氏と別れて新しい家を探すことになった本庄あやめ25歳。家賃5万円に惹かれたルームシェアの相手はなんと……。

EW-011
満月に恋して
美月優奈

元彼の結婚式の帰り道。公園で満月を見ながら一人ヤケ酒をあおっていた沙耶だったが、気がつくとホテルの一室で、しかも隣には見ず知らずのイケメンが寝ていた⁉

EW-012
Love me, I love you
美森萠

恋する心に蓋をしたキャリアウーマン【ふたば】×恋愛不器用なイケメン課長【坂崎】 二人の行きつく先は？ 熊本を舞台に繰り広げられる超純愛ストーリー！

EW-013
ゴミ捨て場から愛を込めて
七海桃香

念願の寿退職した真理だったが、挙式最中に女が乗り込んで来て奈落の底に突き落とされる。自暴自棄の日々を過ごす真理の前に「イヤなことは全部燃やせ」と言い放つ男が現れた。その男は……。

エブリスタWOMAN

EW-014

モテる女の三ヶ条

藤崎沙理

愛莉、23歳。彼氏いない歴も同じでバージン。加えてちょっぴりオタク。ある日、会社の帰り道に貰ったポケットティッシュ広告に、自分を変えようと思い切ってメールを送ってみると……。

EW-015

目覚めたらあなたが、夢の中には彼が……

佐多カヲル

部長職で自社株の1%を保有するキャリアウーマン、えり。でも最近は一人で過ごす休日がむなしく感じていた。そんなおり、異なる二人の男に惹かれてしまう。三十代半ば、揺れる想い。えりの行き着く先は……。

EW-016

お嬢様、初体験のお時間です

東山桃子

父親に無理矢理お見合いをさせられたことで、キレた紫織は家出を決意する。親友の彼氏に「住み込みのいいバイト紹介しようか？」と言われ、藁をも掴む思いで頷いた紫織だったが……。

EW-017

営業トークに気をつけて

にのまえ千里

ある日、瀬名は玄関先に現れたイケメン営業マンに、「一目惚れなんだ」といきなり告白をされて大混乱してしまう。オタク女子の瀬名は、リアル恋愛に目覚めることができるのか？

EW-018

雨がくれたキセキ

桜井ゆき

鈴那は勤務先の上司と付き合っていたが、突然別れを告げられ、さらに解雇を言い渡されてしまった。途方に暮れ、居場所を求めてさまよう彼女が、苦悩の末にたどり着く場所とは？

エブリスタWOMAN

EW-019

だからサヨナラは言わない

西島朱音

老舗呉服店の長女として生まれた大河内柚花。大河内家には「男子に恵まれなかった場合、長女が二十歳になるときに、当主が選んだ者と契りを結ぶ」というしきたりがあった。柚花は運命を変えるため家を飛び出す。彼女を待ち受けるのは、希望 or 絶望?

EW-020

泣きたい夜にもう一度

周桜杏子

森園すず、33歳、独身。恋愛なんて面倒くさい。可愛げのない女代表。だけど、ふと訪れたダイニングバーで出会った男が、忘れていた女の性をくすぐる。そして、その男との再会が、彼女の人生を大きく変えることになる。

EW-021

MONSTERの甘い牙

橘いろか

突然社長が倒れ、代わりにやってきたのは超俺様男。社長秘書の望愛は、そんな彼に翻弄されながらも業務を全うしようと必死に頑張るのだが……。社長室と秘書室で繰り広げられる、切なくも甘い社内恋愛物語。

EW-022

もう一度、恋をするなら

北川双葉

千沙は出張先の大阪支社で出会った男に惹かれ、その日のうちに身体の関係を結んでしまう。しかし、彼の意味深な言動に一喜一憂する毎日。彼への恋熱をどうすることもできない千沙は、ある決断をするが……。

エブリスタWOMAN

EW-023

恋愛における思想相互の法則と考察

鬼崎璃音

女子大生の瑠夏は、憧れの講師、藤乃川と交際を始めるが、その交際は【電話だけ】という条件付き。さらに藤乃川にはある魂胆があった。それでも一途に想い続ける瑠夏に、頑なだった藤乃川の心はほぐれていくのだが……。

EW-024

サンタクロースな彼は湯の町Flavor

竹久友理子

派遣OLの沙織は次の勤務先が決まらず焦っていた。そんなとき、旅館を営む実家が緊急事態と知り帰ってみると、長身で白い肌に金髪、そしてブルーの瞳の外国人が客として訪れた。この出会いが沙織の人生を大きく変えることになる。

EW-025

スニーカーを履いたシンデレラ

江上蒼羽

「キミ……華がないんだもの」という理由で、職場をクビになった直井華。しかし再就職先で待ち受けていたのは、仕事はできるが完璧主義の俺様上司だった。すり切れたスニーカー女子にも、シンデレラになれる日が訪れるのか!?

EW-026

INNOCENT KISS

白石さよ

大手商社で女性初の海外駐在員に選ばれた美紀。帰国してみると、海外赴任をきっかけに別れた彼は新しい恋人と近々結婚するという。気丈に祝福したものの、空しさがこみ上げてきて会社の後輩と過ちを犯してしまった。彼女の行き着く先は……

エブリスタWOMAN

EW-027

秘蜜

中島梨里緒

夫のポケットから出てきた知らない女性の携帯番号。夫への浮気の疑惑と、未来を捨てた年下男との出会いが10年の結婚生活を破壊させていく。夫、妻、年下男…3人がたどり着く先は？ラストまで目が離せない禁断のラブストーリー。

EW-028

妊カツ

山本モネ

大学時代の同級生二人がひょんなことから再会を果たす。ともに35歳独身。性格は違うが共通する悩みは迫りつつある妊娠・出産のリミット。恋を取って、子供をあきらめるか。恋を捨てて、子供をとるか。究極の選択に二人が出した答えは!?

EW-029

狂愛輪舞曲

中島梨里緒

過去の苦しみから逃れるために行きずりの男に抱かれ、まるで自分へ罰を与えるように地獄の日々を過ごす高野奈緒。そんな彼女が、かつて身体の関係を結んだ男と再会する。複雑に絡み合う人間模様。奈緒の止まっていた時間が静かに動き始める。

EW-030

もっと、ずっと、ねえ。

橘いろか

ひかるには十年会っていない兄のように慕っていた七歳年上の幼馴染みがいる。そんな二人がひかるの就職を機に再開したが……。少女の頃の思い出が温かすぎて、それぞれの想いに素直になれない、もどかしい恋物語。

エブリスタWOMAN

EW-031

マテリアルガール

尾原おはこ

小川真白、28歳。過去の苦い恋愛経験から信じるのはお金だけ。愛の言葉をささやかれても、いい思いをさせてくれない男とは付き合わない。そんな彼女の前に、最高ランクの男が二人現れる。一方で、過去の男たちとの再会に心が揺さぶられ、自分を見失いそうになるが……。

EW-032

B型男子ってどうですか？

北川双葉

凛子は隣に引っ越してきた年下の美形男子が気になり始めるが、苦手なB型だとわかる。そんな折、年上の紳士（O型）と出会い、付き合ってほしいと告白される——。B型アレルギーだと信じ込むばかりに、本当の気持ちになかなか気づくことができない凛子。血液型の相性はいかに!?

EW-033

札幌ラブストーリー

きたみ　まゆ

タウン情報誌の編集者をしている由依は、就職して以来、仕事一筋で恋はご無沙汰。そんな仕事バカの彼女がひょんなことから、無愛想な同僚に恋心を抱いてしまう。でも、その男には別の女の影が……。28歳、不器用な女。7年ぶりの恋の行方はいかに!?

EW-034

嘘もホントも

橘いろか

地元長野の派遣社員として働く香乃子は、ひょんなことから、横浜本社の社長秘書に抜擢される。異例の人事に社内では「社長の愛人」とささやかれ、秘書室内での嫌がらせは日常茶飯事。そんな逆風の中、働きぶりが認められ、正社員への道が開かれるが……。過去と嘘と真実が交わる中、香乃子の心が行きつく果ては？

エブリスタWOMAN

EW-035

優しい嘘

白石さよ

瀧沢里英は、上司の勧めで社内一のエリート・黒木裕一と見合いをした。それは元恋人、桐谷寧史にフラれたことへの当て付けだったが、その場で黒木はいきなり結婚宣言をする。婚礼準備が進むなか、里英の気持ちは次第に黒木に傾いていく。しかし一方で、彼女はこの結婚の背後に隠された〝秘密〟に気づき始める。

EW-036

ウェディングベルが鳴る前に

水守恵蓮

一ノ瀬茜は同じ銀行に勤める保科鳴海と結婚した。しかしハネムーンでの初夜、鳴海の元恋人が突然二人の部屋に飛び込んできて大騒動になる。鳴海は彼女を送っていくと言ったまま、その夜帰ってこなかった。激高した茜は翌日ひとりで帰国の途に就き鳴海に離婚届を突きつけるが……。

EW-037

なみだ金魚

橘いろか

美香子と学は互いに惹かれ合うが、美香子は自身の生まれ育った境遇から学に想いを伝えることができない。一方、学は居心地のよさを感じ、ふらりと美香子のアパートを訪れるようになった。そんな曖昧な関係が続き二年の月日が流れた頃、運命の歯車が静かに動き始める……。

EW-038

TWINSOULS（ツインソウル）

中島梨里緒

遥香は別れた同僚の男と身体だけの関係を続けている。ある日、帰宅途中の遙香の車が脱輪しているところを、偶然通りかかったトラックドライバーが助けてくれた。お礼も受け取らずに立ち去ったドライバーのことが気になっていた矢先、遥香の働く会社に彼が現れる。この再会は運命か、それとも……。

本書をご購入いただいたお客様へ

本書をご購入いただいたお客様は、
本書と同内容の電子書籍を無料でお読みいただけます。

【ご利用の流れ】

電子書籍販売サイト shinanobook.com（シナノブックドットコム）のシステムを利用してご覧いただけます。

❶ PC での閲覧は、❷の手順からお進み下さい。
iOS、Android 端末での閲覧には、専用ビューアーアプリが必要です。AppStore、GooglePlay にて「shinanobook」で検索後、インストールして下さい。

❷ shinanobook.com にアクセスして下さい。
URL　http://www.shinanobook.com/
または シナノブック 検索 で検索

❸ TOP 画面上部より「会員登録（無料）」を行って下さい。

❹会員情報からログイン後、トランクルーム（マイページ）が表示されます。「付録の閲覧」よりこちらに記載されている「ナンバー」を入力して下さい。

付録ナンバー　9268488143088

❺本書が表示され、閲覧できるようになります。

※ナンバーは、書籍毎に異なります。登録できるのはご購入された方のみ一回限りです。中古書店で購入された場合や、人から借りた場合は、登録できないことがあります。
当サービスについてのお問い合わせはメールでお願い致します。
お問い合わせ先　info@shinanobook.com

【備考欄】

再試行を含めダウンロードは5回まで
可能です

+

このたびはご購入いただきありがとうございます。
本書をご購入いただいたお客様は、
本書と同内容のものと、書き下ろし特別編の
電子書籍を無料でダウンロードできます。

電子書籍のダウンロード方法については、
こちらを切ってご覧下さい。

Lovey-Dovey症候群

キリトリ線